JN091341

工藤堅太郎

風詠社

# 目次

【登場人物紹介】

倉嶋竜次　私立探偵（この物語の主人公）
小島頼子　倉嶋探偵事務所の助手で竜次の恋人（愛称ヨッコ）

＊　＊

大杉卓也　福寿司の板前（ボクサー）
修ちゃん　テイクファイブのオーナー（バーテン）
べべ　ゴールデン街のママ

＊　＊

倉嶋隆康　警視正で牛込警察署長（竜次の兄）

＊　＊

赤城克二　民政党幹事長
大垣正之　赤城の第一秘書
桐山怜子　〃　第二秘書
吉田俊彦　〃　第三秘書
稲葉剛造　暴力団東誠会会長

登場人物紹介

松浦清次　東誠会若頭
山口哲夫　東誠会チンピラ
＊　＊
白猫　ヤクの売人
張　香港マフィア（連絡係）
陳　〃
丹羽勝重　関西連合大曽根組会長
＊　＊
木村武志　無痛覚の殺し屋
鳥飼三郎　サディスト
龍徳祥　香港マフィアのヒットマン（通称ドラゴン）

# プロローグ

昨夜のことだ――。

「この野郎ッ、待てェ！」

怒声とともに七階建てビルのエレベーターホールから、サラリーマン風の中年男が一人、蒼白な顔で足をもつれさせながら走り出てきた。

その後ろから黒ベストに蝶ネクタイのバーテンと思われる男と黒服が追ってくる。

竜次が馴染みの店〈テイクファイブ〉で大好きなジャズとバーボンに酔いしれて帰宅途中、見掛けたのだ。

新宿歌舞伎町一番街通り――暴力バーの客引きの甘い言葉に誘われて店に連れ込まれたサラリーマンが、スケベ心を起こして巻き込まれた日常茶飯事の光景だった。

「お客さん、五千円ポッキリで飲み放題、可愛い娘をつけますよ」

甘言に釣られて店に入り、いざ「お勘定」の段になって、その目を剥くようなぼったくりの凄まじさに無我夢中で逃げ出してきたのだろう。数年前、支払いを迫られて店のトイレに隠れ閉じこもり、逃げようとして四階の窓から足を滑らし落下して死亡した客がいた、というニュースを見たのを覚えている。

その中年男の青ざめて引きつった顔――。

すぐに黒服と蝶ネクタイに両側から腕を掴まれ、

「お客さん、チョッと店まで」

と引き摺られて行く。

「助けてください、助けてください」

と悲痛な声で周囲の人に訴えるが、周りは我関せず、触らぬ神に祟りなしを決め込んで、シラーッとただ見ているだけ……先だっても新幹線車中で若い女性が絡まれ、助けようとした乗客の青年がナイフで刺され死亡したというニュースも耳新しい。（とばっちりを受けて巻き込まれたくない）……都会は冷たいのだ。

竜次の性格としては、子供の頃からイジメられている子を見ると助けずにはいられない、イジメっ子をやっつけずにはいられない、という生来の黙っては見過ごせない気性――性分は変わっていない。弱きを助け強きをくじく正義感が抑えられず、思わず身を乗り出し掛けたが、十年前の傷害事件にまで発展してしまった己の悪い思い出が甦り、それを踏み留まらせた。

歌舞伎町交番に立ち寄り、たった今見た状況を説明し、Mビル三階の暴力バー〈クラブ沙羅〉の名を教えて立ち去ったのだが――。

助けてやれなかった昨夜の苦い思い出が、胸中にしこりのように残った。

眠らぬ街、新宿歌舞伎町――。

混沌としたごった煮の世界。韓国語やタガログ語、ポルトガル語などが飛び交い、ハングルや中国語の文字が氾濫し、ここが日本であることを忘れてしまうような異様な世界だ。

歌舞伎町を西から東へ突っ切り、歩いて十分――新大久保職安通り、古い四階建てのビルの二階、二〇三号室の磨りガラスに〝倉嶋探偵事務所〟と書かれた木製の看板が掛かっている。

防犯の点から考えても危険極まりないこの現代、ましてや歌舞伎町、新大久保通り、連日新聞の三面記事にぼったくりバーやら暴力事件やらが紙面を賑わせる犯罪の絶えることのない危険地帯に、竜次の探偵事務所はある。さすがに廊下とドアの境には、スチール製のシャッターを下ろして遮断してはいるが――。

# 第一章　ワイルドターキー

1

朝十時、そのシャッターがガラガラと上がり、昭和の香りを残したマホガニー板張りの腰高のドアに鍵が差し込まれ、カチャリと鳴る。

事務員の小島頼子(こじまよりこ)が入ってきた。小柄でリスのように黒い瞳が印象的だ。長い黒髪をポニーテールにまとめた十九歳の溌剌(はつらつ)とした女の子――。

ドア横の自分のデスクの上に真っ赤なハーフコートを脱ぎ捨て、ショルダーバッグを放り出す。黒いタートルネックのセーターが被(おお)うその胸は今にも弾けそうにツンと上を向き、健康美そのもの……。

磨(す)りガラスの衝立(ついたて)で仕切られた十坪ほどの事務室を横切り、職安通りに面した両開きの窓を開く。初秋のチョッとひんやりした空気が流れ込んできた。事務所の右手には天を衝く都庁と周囲の高層ビル群が、その威容を誇るが如く聳(そび)えている。

空は寒々しくどんよりと曇っている。

頼子は両手を上に伸ばして、思い切り大きく深呼吸した。

プルルルと電話が鳴り、頼子は振り返って応接セットの上の受話器を素早く取り上げた。

「ハーイ、倉嶋探偵事務所でございます」

弾むような明るい声で応対する。

「所長さんを、お願い、します」

受話器の向こうから、くぐもった低い男の声がする。

「ああ、所長は今朝はまだ出社しておりませんが、もう間もなく……」

「い、一刻も早くお目に掛かりたいんだ。倉嶋警視正（けいしせい）からの紹介なんだが……」

その声は喘ぐようにかすれている。

「参りましたら折り返しご連絡差し上げますので、貴方様のお電話番号をお聞かせいただけますか……」

頼子は何か異様な雰囲気を感じ取り、より丁寧にゆっくりと対応した。

「いや……」

男は言いよどんで電話が切れ、ツーという音に変わる——。

その時、ガタンと大きな音を立ててドアが開いた。この事務所の主、倉嶋竜次が咥（くわ）え煙草で入ってきた。乱れた前髪が額に掛かり、濃い眉、高い鼻梁、その下の眼は物憂げで、頑丈な顎の先は日本人には珍しく二つに割れていて、四、五センチの古い傷痕がひと筋残っている。無精髭でくすんだ顔色——明らかに酩酊状態だ。年齢は三十過ぎ、一八〇センチの長身で肩幅の広い筋肉質の頑健な肉体は、服の上からでも見て取れる——。

頼子は受話器を戻し、きつい声で咎めた。

「所長ッ、また今朝もですかぁ。たった今、お兄さんの紹介だって方からお電話があって、切ってしまったんですが……」

「何ッ、兄貴の紹介？　で、連絡先は？」

太くて響く低い声。酔った声ではない。

「ええ、ですから、向こうから切ってしまって……何か、一刻も早く会いたいとか……声があえいでましたよ」

「よし、すぐ兄貴に連絡してくれ」

「ハ〜イ」

ピッピッと短縮ダイヤルでプッシュする。

「あっ、牛込警察署ですか？　こちら倉嶋探偵事務所でございますが、署長さんをお願いします。あっ、弟の倉嶋竜次の事務所でございます……はい……今、代わります」

頼子から子機を受け取っ竜次は、自分のデスクの革張りの椅子にどっかと座り込み、煙草に火を点け思い切り深く吸い込んで待つ。

「おぅ、竜次か？　隆康だ」

　警視庁警視正、牛込警察署長の倉嶋隆康の野太い声が聞こえた。

「ああ兄貴、スンマセン、誰か紹介してくれたって？」

「何だ、会ってないのか」

「電話だけくれて、連絡先も告げずに切っちまったらしい」

「いや、こっちで動くと大事になる恐れがあるんで、お前の方に回したんだが……そうか……」

　渋面で眉間に皺を刻んでいる隆康のいつもの表情が浮かんだ。

「まぁいい、切羽詰まったら、もう一度掛けて寄越すだろう」

「兄貴、どういうことなんだ？　……兄貴？　……」

　カチッ。切られた。

　一回り年上の長男、隆康――。二十年前の全日本剣道選手権で警視庁を代表して出場し、二年連続で優勝。中央大学法学部卒のキャリアで、まずはアメリカのＦＢＩ（米国連邦捜査局）、ＣＩＡ（中央情報局）に匹敵する公安調査庁に呼ばれ、次は総務省、内閣府総理府への出向を命じられた。俗に〈内調〉と呼ばれる、国家機密の中枢を覗き触れる部署に配属されて一年――途中何年か家を留守にし、何処か日本の中央地帯、多分長野県辺りに、戦時中〈陸軍中野学校〉の流れを汲む公安調査庁に秘密裏に回され、サイバーポリスの仕事を徹底的に叩き込まれたらしい。その後、アメリカ・ラングレイにあるＣＩＡ本部に研修で出張、秘密捜査・内偵のノウハウを教え込まれたのだ。

気象衛星は上空遥か三万五八〇〇キロ（丁度地球一周分の距離）を回遊しているが、全世界の人工衛星はそれより遥かに低い上空一〇〇〇キロ辺りにウヨウヨ浮遊しているそうだ。二〇二一年十二月時点で一万二〇〇〇個を超える衛星が打ち上げられているとか。近年は毎年一〇〇〇個以上増加しているそうだ。その地上分解能の解明度は、それぞれ能力に差はあるが、地球上の煙草の銘柄がハイライトかラークまで認識できるとか。宇宙の彼方から聞き耳を立てて、三六五日二十四時間、偵察盗聴しているのだ。「暗殺」「爆弾」「テロ」などというワードが引っ掛かれば即座に対応し、追跡盗聴監視体制に入る。

二十年前に制作されたハリウッド映画、トニー・スコット監督の『エネミー・オブ・アメリカ』をＤＶＤで観たが、偶然国家機密を知ってしまった弁護士のウィル・スミスが宇宙衛星から監視され、追跡され、抹殺される寸前のところで、引退した元ＣＩＡ情報員ジーン・ハックマンに助けられ、その禁断の国家秘密を暴いていく、ハラハラドキドキのストーリーは、文字通り手に汗握る迫真の映画だった。今や同様のことが、現実に日本の公安調査庁で遂行されているのだ。『国家が国民を監視する』その一員に竜次の兄、隆康が関わり、その真っ只中で生き、国家のマル秘情報を知り、これ以上深く関わると家族身内に危険が及ぶ気配を察し、出世昇格を前に身を退いたのだ。

警察庁内部では格落ちには見られるだろうが、警視総監にも座れる立場を捨てて牛込警察の署長の席に甘んじている――。公安調査庁の外事課所属の特派（特別任務警官）、彼らの工作活動は多岐にわたっていて正体不明とされている。テロリズム対策をはじめ国際諜報活動、政治家や政党の監視、反社会的団体の警戒警備――。任官してただの一度も登庁・出局したことがない者さえ実在する。一般的に置き換えれば会社勤めで給料をもらっていながら会社へ出社したことがなく、本人の勤務記録や保険ですら存在しない。勿論タイムカードすら打ったこともなく、任官記録さえない。まるで幽霊のような存在である。日本にはＦＢＩ的な捜査機関がないのが建前だが、実際ＦＢＩやＣＩＡと同等か、より高度な実働部隊が暗躍しているのだ。

だから竜次は民間人の立場で、絶対知ることの不可能な情報を知れる恩恵に浴しているのだ。勿論、兄はいくら実の弟とはいえ、墓場まで持っていかねばならぬ守秘義務を漏らしていることが内調に知られたら、自らと家族身内に危険が及ぶことを承知で、竜次に教えてくれているのだ。

隆康は、四十三歳の若さで警視正から所轄警察署長へ出世した男だ。大学時代の同級生と結婚し、今は一男二女の子供達を儲け堅実な家庭を築いている。竜次の甥に当たる東大卒の長男隆太郎は法律事務所に就職し、弁護士を目指している。姪っ子の次女と三女は、まだ女子大と高二だ。

竜次は三人兄妹の次男で、高校生までは柔道三段・空手三段と運動部で才能を発揮し、日本体育大学時代にはオリンピック十種競技の日本代表候補選手として将来を嘱望されていたが、大学三年の時のある日、新宿歌舞伎町でヤクザ者二人を相手に喧嘩して、深夜の公園で完膚なきまでに叩きのめしてしまった。元々、少々頭に血が上りやすい性格で、カッとなると抑えが利かなくなってしまうのだ。

その日も、中学一年のいたいけな少女がチンピラに絡まれて歌舞伎町のバッティングセンター裏の小さな公園に連れ込まれ、悲鳴を上げているのを聞きつけて、助けようと乗り出したのがキッカケだった。

竜次はヤクザ二人の手足の骨を折り、顎の骨を砕き、二人とも全身打撲で一ヶ月の病院送りにしてしまった。短刀を構えたヤクザ二人に、並外れた運動神経が本能的に反応し、グキッ、ボキッ、ガキーンと暴れ回り、二人は無惨な姿に……。若気の至りで、正義漢を気取って本名を名乗ったせいで、ヤクザの方から告訴され、裁判では、少女を助けるためとはいえ過剰防衛ということで、執行猶予付きの有罪の前科がついてしまった。

悪いことは重なるもので、その後、間を置かず、竜次は好物のバーボンウイスキー〈ワイルドターキー十三年〉を一人でボトル半分ほど空けて車を運転し、スピード違反の上に大事故まで起こしてしまった。相次ぐ不祥事にやむなく大学側も退学処分に——。こうして、輝かしいレールが敷かれ、嘱望されていた将来は閉ざされた。

　厳格な武士の家系を誇りにしていた父、隆一郎には勘当され、長兄、隆康との賢兄愚弟ぶりを身内親戚中に露呈してしまった。二十一歳だった竜次は、卒業まであと一年を残して大学を退学させられ、家を出て一人で食っていかねばならなくなったのだが、勘当された身には応えた。

　糊口を凌ぐため小さな探偵事務所に就職したが、そこでは主に離婚事案が取り扱われており、竜次にとってはつまらぬ仕事を押し付けられる毎日だった。いつもこちらの身を隠して、取引相手の経営状況を調べたり、縁談相手の素行調査を行ったり、浮気調査のために尾行や隠し撮りをしたり……、正々堂々を胸に刻む自分の生き様には反する仕事ばかりであった。

　警察と探偵の差は公権力の有無だろう。警察手帳を持っての捜査ができない弱さ――限界を感じてそこもすぐに辞めてしまった風来坊時代に、兄の隆康から救いの手が差し伸べられた。

「おい、竜次、お前は俺のように体制側では生きられないアウトローだ。独立して自分でやってみろ、警察では手に余る仕事をお前に回してやる」

　兄の援助で始めた探偵稼業だったが、竜次は学生時代に読んだ翻訳小説に影響されて、何故か探偵という職業に漠然とした憧れを抱いていた。ダシール・ハメットの『マルタの鷹』の主人公サム・スペードの虚無的なタフさ、『血の収穫』のコンティネンタル・オプや、レイモンド・チャンドラーの『大いなる眠り』のフィリップ・マーローら、粋な私立探偵が好きで、破天荒な酔いどれ探偵マイク・ハマーも痛快だった。

そんな探偵稼業を始めたものの、アメリカ社会とは異なる日本的風土に根ざした浮気調査や離婚訴訟の証拠集めなど、気の乗らない仕事は一切お断りの頑固さを貫き、もはや事務所も風前の灯、立ち行かぬ状況の時に突然、父、隆一郎が心臓発作であっけなくこの世を去った。

勘当の身ではあったが、長兄の隆康が遺産相続の権利を施行してくれた。残された遺産は母に二分の一、三人の子供達に二分の一——竜次にも三千万からの大金が転がり込んできたのだった。ああ助かったァと、有難く頂戴したといういきさつがある——。

2

「お〜い、ヨッコ、ブラックで熱いコーヒーをくれないか?」

ラーク三ミリのロング煙草を咥え、ジッポのライターで火を点ける。

「別れた奥さんだったら、素直に言うことを聞いてくれた?」

頼子はコーヒーを淹れながら、皮肉たっぷりに訊く。

「おいおいヨッコ、頼むぜ、朝っぱらから……。チョッと頭が痛ェんだ」

「あ〜あ、お給料が遅れてるのに、アタシまだ事務員やってる……」

「あっ、すまねえ、忘れてた。今日出すよ」

電話のコールが音量高く、けたたましい音で鳴った。

「はい、倉嶋探偵事務……」

頼子が受話器を手で押さえ、囁いた。

「さっきの人！……はい、ただ今、所長に代わりますね」

デスクから子機を取り上げた竜次が耳を傾ける。何度か相槌を打ってから言った。

「分かりました。三十分後に区役所通り、喫茶〈サンフラワー〉ですね。目印は胸ポケットに赤いハンカチを……分かりました。こっちは手にスポーツ新聞を持ってますよ。じゃ、三十分後に」

頼子が目を輝かせて訊いてくる。

「仕事になりそうなんですか、所長？」

「あ、コーヒーいいや。お前飲んどいてくれ。出掛けるぞ」

「ううーん、心を込めてオイシイの入れたのにィ……」

両肩を左右に揺すり、イヤイヤしながらのいつもの繰言（くりごと）は背中で聞いて、ドアを開け事務所の真ん前の階段を降りる。人間、足から老化するらしい。だからエレベーターは使わないのだ……。

新大久保通りはまだ昨夜の残滓を匂わせて、韓国料理の香辛料や東南アジア系の漢方薬のような匂いが混然と立ち込め、行き交う人々もまだ目の覚めやらぬ気配を漂わせている。

竜次はひんやりした冷気に羽織った革ジャンの肩をすぼめて歩き出した。内ポケットからしわくちゃのラークを一本抜き取って火を点け、深々と吸い込む。

耳慣れた声が背中から聞こえた。

「あ〻竜次兄貴、今朝は早いっすね、どちらへ?」

すれ違いざまに人懐っこい声で話し掛けてきたのは、贔屓にしている〈福寿司〉の板前、卓也だった。

頭皮が透けて見えるほど短く刈り込んだ角刈りが爽やかだ。ジャージの上下にスポーツタオルを首に巻いてジョギングシューズを履いている。

「おう卓、そっちは遅いじゃないか、今終わったのか?」

「兄貴、久しぶりにモーニングコーヒーといきましょうよ。どうすか?」

「お前の方こそボクシング・ジムはいいのか?」

「ああ、これからひと汗掻いてきますわ」

「夜にでも店の方へ顔出すよ。俺はこれから仕事だ」

「待ってま〜す」

卓也はシャドウボクシングで体をくねらせながら駆けて行った。

その姿を見送って、竜次はコンビニでスポーツ新聞を買い込み、サンフラワーの自動ドアの前に立つ。入ると、雑然とした広い店内には十二、三人の客の姿が――。

昨夜アブレたらしい立ちんぼのコロンビア人かチリ人か、南米系の売春婦のけたたましいスペイン語かポルトガル語が飛び交い、安香水の香りが強烈に漂っている。奥のボックス席には中年のサラリーマンが一人、いぎたなく寝入っている。歌舞伎町にある終夜営業の喫茶店の朝、いつもの気（け）だるい雰囲気だ。

まだ来ていない。区役所通り側の窓際のボックスに席を取り、ウェイトレスにコーヒーを注文してから、スポーツ新聞を広げて煙草に火を点けた。

竜次の習性というか、人と待ち合わせる時は必ず十分前には現場に到着しておくということをモットーにしている。待っている間に、出入り口の位置や客達の雰囲気、人数などを把握し、危険を嗅ぎ分ける本能的な防御体勢にすぐさま備えられるメリットがあるのだ。職業的に自然と身に付けた心構えというべきか――。

待つまでもなく自動ドアが開き、冷風とともに四十代後半と思（おぼ）しき中年男が一人、入ってきた。厚い黒縁メガネを掛け、髪をオールバックに整髪しているが、その髪は乱れている。濃紺に白地の細いストライプのスーツにノーネクタイ、胸ポケットには目印の赤いハンカチが――。

キョトキョトと落ち着きなく店内を見渡し目が合ったので、竜次がスポーツ新聞を掲げてみせると、せかせかと近付いてきた。

「ああ、お会いできてよかった。実は……」

崩れるようにボックスにもたれ込むと、かすれ声がほとばしり出てきた。

「まぁ落ち着いて。何を飲みます？」

「あっコーヒーを……、いいですか？」

そう言って竜次の前に置かれたグラスを手にすると、返事も聞かずに喉を鳴らして一気に水を飲み干した。

フゥ～ッと太い溜息をつき、メガネの奥のイタチを思わせる目で辺りを落ち着きなく見回していたが、やおら内懐に手を入れ名刺入れから名刺を取り出した。

「申し遅れました。私、代議士の秘書をしております吉田と申します」

差し出された名刺には、確かに〝衆議院議員赤城克二、第三秘書吉田俊彦〟とある。赤城克二——あの飛ぶ鳥を落とす勢いの、与党民政党幹事長、赤城克二だ。

竜次は煙草を灰皿に押し潰して聞いた。

「どうされました？ 私の兄とはどういう……」

「はあ、うちの先生のご紹介で倉嶋署長さんにお目に掛かりたいとお電話したところ……あなたのお兄さんは、若い頃うちの先生のSPとして警護に就いていてくださったとか……仰るには、これは警察が関与するよりも、と弟さんのあなたに繋いでいただいたわけです」

首筋と額には、ニュースで今年一番の寒さと報じていたのに、じっとりと汗が浮かんで、その動揺している心中がありありと察せられる。

（こいつ、シャブをやってるのかな）と勘ぐったが、体臭も息も妙な匂いはしない。ただの冷や汗、脂汗だ。

「さあ、どうしました、話を聞かせてください」

竜次は穏やかに切り出した。

運ばれたコーヒーカップを握る手は、小刻みに震えている。（余程何か、恐怖におののくような想いにさいなまれているのだろう）手に持つコーヒーカップを見据えている。

「さあ、吉田さん」

促され、吉田は生唾をゴクリと飲み込んで語り出した。

――それは、この男が、ここまで震え上がるのも「なるほど」と納得できる凄まじい話だった。

「全ては、ある場所に隠したＩＣレコーダーに収められています……そのうちに……」

目印の胸の赤いハンカチで額の汗を気弱に拭い、また胸ポケットに入れた。

――会ってから一時間。結局、この吉田という男は俺に何を依頼したかったのか、何を相談したかったのか分からず仕舞いだった。（契約も交わさず、ただ己のストレスを発散するためだけの相談だったのだろうか？）ドアから出て行く吉田はきょろきょろと左右を見回し、見張られていないか、尾行されていないかと、不安そうにギクシャクとした足取りで靖国通り方面へ歩いて行った。

（送ってやればよかった、一緒にいてやればよかった――）

後の祭りとは、まさにこのことだろう。後刻、竜次は思い知った……。夕方、事務所でワイルドターキーのロックを舐めながら、五時のニュースを見るともなく見ていた竜次は、ギョッとしてデスクに載せた足を下ろした。

単調な声でアナウンサーが喋っている。

「今日午後一時頃、目黒区目黒川に浮かぶ男性の刺殺体が発見されました。警察の発表によりますと、身元が判明できるものは何も発見されず、四十代後半、中肉中背、着衣は濃紺のスーツで胸ポケットに赤いハンカチ。心臓を鋭利な刃物のようなもので一突きされ、これが致命傷になったものと思われます。碑文谷署は殺人事件として捜査本部を設置し、鋭意捜査中です。何かお心当たりのある方は×××－××××まで……」

「クソッ」

立ち上がって窓際に行き、通りを見下ろす。バーボンのロックグラスは手離さない。ゴクッと飲み込んだアルコールは苦かった。何故もっと慎重に心配りをしてやらなかったか……悔やまれる。

既に夜のとばりが忍び寄っていた――。

初秋の夜の訪れは早い。秋の日はつるべ落としだ。毒々しい極彩色のネオンが色とりどりに咲き始めている。毎夜の馴染んだ光景だ。ロックグラスを飲み干す。カランと氷の音。

「所長？　どうしたんですか、今のニュース……？」

爪ヤスリで指先を研ぐ手を休めて、頼子が訊いてくる。

「ヨッコ、出掛けてくる」

「事務所、閉めちゃっていいんですかァ？」

「あゝ、いいぞ」

頼子の声を背中で聞いて、ドアを閉め階段を駆け降りた。

3

小島頼子――愛称ヨッコ。

思い出すのは、あの初めての出会いだ。二年も前になるか――。

新宿三丁目、モダンジャズ喫茶〈69ローク〉――。

竜次は勤務する探偵事務所の仕事で、依頼された離婚争議の相手の浮気の確証を押さえるための尾行と隠しカメラでの盗撮を命じられ、対象者がカップルでラブホテルに入るところを撮ったので、最低二時間は出てこまいと計算して、いわば仕事中だったが、サボッて大好きなジャズ喫茶に入り、スウィングに身体を揺らせていたのだ。

最近入店したらしい可愛らしい女の子が頼子だった。ジャズ喫茶というのは、マニアの好き者ばかりが集まって、読書をするか、頭を抱えて瞑想に耽っているか、パチンパチンと指を鳴らして身体を揺らすか、それぞれが自分流の楽しみ方で時を過ごす静かなムードが支配する空間なのだ。たとえ熱狂的なトランペットの空気を震わせる金管楽器、ドラムの腹に響く打音が鳴り渡っていてもだ。ベラベラ喋ったり、雑音を立てると、客同士お互いが「シーッ」と唇に人差し指を立てて静粛を促すという奇妙な店なのだ。クラシック音楽を聴くように重い思索的なムードではないが、相通ずるものはある。

そんな中で、経営者は常駐していないらしく、頼子はレジとカウンターの中でいつも本を読んでいるような静かなウェイトレスだった。お客に注文を聞いて、コーヒーを淹れてテーブルに置くと、また小説の世界に閉じ篭るのだ。あとはお構いなし。この店はどんなに長居しようと文句は言われない。

その日――。

ドアからライダースーツを纏った若い三人組のヤンキーが入ってきた。それぞれの革ジャンの背にはドクロが刺繍され、ナチスドイツの鉤十字のマークが目立つ。袖や肩は鉄鋲で飾られ、典型的な暴走族の制服だ。

「おぅ、ダンモだ、ダンモだ。ダンモ・ズージャ！　いいねェ！」

その大声に、店内にいた十数人の客は一斉に入り口を振り返った。

スキンヘッドの天辺に鷲のタトゥーを彫り込んだ背の低い三白眼が言う。

「お～い、そこのマブいネエチャン、酒をくれェ、俺にはウイスキーのロックだ。おい、お前らは？」

傍若無人だ。テーブルの上にブーツを履いた短い両足を載せて、煙草を咥え、パシリらしき手下に顎突き出して火を点けさせている。

客達は触らぬ神に祟りなしを決め込んで、ダンマリに徹している。誰も人差し指を立てて「シーッ」と注意する者はいない。その時――。

敢然と三人の前に立ちはだかったのが頼子だった。

「すみません、ウチは昼間はお酒は出しておりません。それにお客様の迷惑になりますので、静かにするか、出て行ってくれますか？」

三人の与太者が頼子を取り囲み、奇声を上げながら絡み出した。

「オッホ～、ネエチャン言うねぇ！　言ってくれるじゃん。出て行けってか？　お静かにってか！　舐めんじゃねえぞォ！」

ドスを利かせた恫喝の声音に変わった。

頼子は毅然とした態度を崩さず、キッと睨みつけている。

竜次はゆっくり立ち上がり、三人の後ろから静かに声を掛けた。

「お兄さん方、皆さんが迷惑してるのが分からないのか？　店にとっても君達は要らない客なんだよ」

「何をッ、おぅ、オッサン、上等じゃねえか！　俺達とゴロ巻こうってのかァッ！」

　前歯三本が金歯の、少年院から出所してきたばかりに見えるイガグリ坊主頭が、その金歯をむき出して毒づいてきた。

「オッサンって、俺はまだ三十二歳だ。オッサンは可哀そうだろう？　まぁいいや。表へ出ようか？　ここじゃ、皆さんに迷惑だ」

　そう言うと、竜次は三人を掻き分けて先にドアに向かった。（紺のスーツにネクタイ、しがないサラリーマンに見られたか？　今の嫌々やってる探偵事務所勤めじゃ、人様に覇気を感じさせられることもできず、ショボくれて見られても仕方ないか……）もはや諦めの境地だ。

「今、警察に電話しますから……」

　頼子が三人を牽制するように大声で叫んだ。

「何ッ、ポリ公？　サツだとォ？」

　ギョッと鼻白んだ三人――何か後ろめたい、脛に傷持つ身なのだろう。暴走族なんて大抵はそんなものだ。いや、竜次の方こそ脛に傷を持っているのだった。十年前のヤクザ者二人を叩きのめし過剰防衛による執行猶予付きの有罪判決を食らった身なのだ……もう六年前に時効になっているが。

「ああ、呼ばなくてもいいよ。心配しないで」

頼子に言ってドアを開け、竜次から先に外へ出た。警察へ通報しないことが分かって、たちまち頭に血が上ったらしい。

「上等じゃねえかッ、ヤッちまおうぜ」

後方から竜次をすり抜けて飛び出し、表に停めた三台のカワサキとホンダのごっついバイクに取り付いた。

丁度隣が、低いビルの間に歯が抜けたように、ポツンと鉄条網を張った更地になっていた。

長髪を真っ赤なバンダナで巻いた一人がサドルの下にテープで貼り付けた木刀を引っ剥し、金歯のイガグリ坊主が荷台の蓋を開け、中からチェーンを取り出した。スキンヘッドの三白眼はレザーパンツの尻ポケットからバタフライナイフを掴むと、馴れた手付きでクルクルンパチッと刃を出した。

ベニヤ板張りの通用口を開け、更地に飛び込んで振り向いた三白眼は、映画『ウエストサイド物語』のジョージ・チャキリスかラス・タンブリンを気取って、格好つけてナイフを構えた。背が低いのに腰を曲げて構えている姿勢だから、余計に小さく見える。

「さ、オッサン、やろうぜ」

竜次はニタニタ笑うそいつの前にゆっくりと立ち、見下ろしながら言ってやる。

「おい、お前のその頭のイレズミは白頭鷲といってアメリカの国鳥だぜ。それとナチスドイツの鉤十字とドクロマークとごちゃ混ぜにしていいのかい？　分かるわけねえかァ」

わざと大袈裟に揶揄（からか）ってやった。

「何を言ってやがるッ、この野郎」

竜次の言っていることが全く分からず頭に血が上り、三白眼が充血してきた。背後には木刀のバンダナ男と、チェーンの金歯野郎が隙を窺っているのだろう。

先んずれば制すだ。先人の教え通り、竜次の方から仕掛けた。最も陰険で危険そうなスキンヘッドの後ろ、余裕たっぷりで鎖鎌のように気取ってチェーンを振り回すイガグリ金歯のこめかみを狙って、振り向きざまに回し蹴りだ。油断をしていたのだろう。ブーンとチェーンが頭上を通過するのと同時に、狙い違（たが）わず硬い靴先がテンプルにめり込み、イガグリ金歯は左側二、三メートル横にブッ飛んだ。

長髪バンダナが竜次の頭目掛け、片手で木刀を打ち込んできた。こっちから懐に飛び込んで、その打ち込んできた腕と革ジャンの衿を掴み、腰に載せて腰車だ。背中をブチつけ、グッと息が詰まったところを肋骨に蹴りを入れた。グキッと聞き間違いのない折れる音を耳が捉えた。

後ろを振り向くとスキンヘッドは恐怖の色をありありと浮かべ、ナイフを無茶苦茶に振り回し、後ずさって行く。あまりの速さで仲間がノサレてしまったので、戦闘意欲は消え失せ、だらしないこと甚だしい。こいつらは弱い者には強いが、強い者には弱いのだ。眼は血走り、呼吸が上ずり、「ゼエゼエ、ハァハァ」と苦しそうだ。

「おい、暴走族！　人様には迷惑を掛けちゃいけないんだよ。そんな危ないオモチャを振り回して、実力も分からぬ相手に向こう見ずに喧嘩を売っちゃいけないんだ。分かったかい？」

一歩、二歩近付くと、窮鼠猫を噛むのことわざ通り、死にもの狂いで突っ込んできた。ヒョイと右側に体を躱し、頚動脈を狙って手刀を打ち込んだ。

「グエッ」

蛙の鳴き声みたいな呻き声が漏れると、頭からアスファルトに突っ込み、白頭鷲の入れ墨をブチ当てて悶絶した。

フゥッと息を吐いて頭を上げると、鉄条網にへばり付いて、６９ロークの客ら五、六人と頼子が息を詰めて竜次を凝視していた。

「ねッ、警察なんか呼ばなくてもよかったでしょ？　じゃ、僕はここで失礼します。あっ、コーヒー代……今度来た時にね」

そう言って立ち去ったのが、頼子との初対面だった。

それから一週間後――再び６９のドアを開けた。

チリンというドアベルの音にレジで本を読んでいたらしい頼子の顔が上がり、竜次と認めるや、パァ～と表情が輝いて本を閉じ立ち上がった。

「はい、この前のコーヒー代八〇〇円」

竜次は千円札を置いて「釣りはいいよ」と言うと、頼子が心配そうに眉を曇らせて言った。

「この間は有難うございました。お怪我はありませんでした？」

「ああ、ピンピンしてるよ。それより、警察には黙ってくれていたんだね」

「ええ、お客様と皆で口裏を合わせて知らぬ存ぜぬで通しました」

「そうかぁ、有難う。僕は悪いことはしてないけど、警察が嫌いなんだよ」

「そういう人、多いですよね。あっ、アタシ小島頼子、十八歳、家族やお友達にはヨッコって呼ばれてます」

「うん、僕は倉嶋、倉嶋竜次っていうんだ。ここ何時に終わるの？　メシでも食いに行こうか？　いや、ナンパじゃないぜ」

「わぁ、嬉しいッ、五時に終わります。その後、予備校があるんですけど、今日は休んじゃいます」

「寿司は好きかい？」

「ダ～イ好きです」

ということで連れて行ったのが、可愛がってる卓也のトコロ。歌舞伎町の福寿司。初見参だ。

タコ大将も卓也も、目をまん丸くしてビックリ仰天の表情だった。そりゃそうだろう、長い付き合いで竜次の女性を同伴しての来店なんて初めてのことなのだ。

「小島頼子さん、通称ヨッコちゃんだ。寿司が大好物だそうだから、おい卓、思いっ切り腕を振るってウマイやつ食べさせてあげてくれ。俺はいつもの通りな」

「へ～い、中トロと平目のポン酢おろしね。最初はナマ、次はこれッ」

どんとカウンターにキープボトル。愛しのワイルドターキー十三年が置かれた。

「お酒、お好きなんですか？」

「ああ、これがないと生きられない。生きる甲斐がない」

ボソッと呟いた。十八歳の女の子には分かるまい……。

それから二時間ほど、頼子は強くもないのに生ビールから、ゆず酎ハイを付き合い、顔を真っ赤に火照(ほて)らせながら、問わず語りに自分の十八年の歴史を披露してくれた。

四人妹弟の一番上、高一と中二の弟、小六の妹が下にいるそうだ。父親は、千葉県庁に勤める公務員。この三月に地元船橋市の女子高を卒業し、お茶の水女子大学志望で只今浪人中、将来は教師を目指して高田馬場にある予備校に通っているとか。親からの援助の仕送りは半分だけ甘受して、少しでも両親に負担を掛けまいと喫茶店のバイトをしているそうだ。そして、あの日の騒ぎだ。

この日の福寿司をキッカケに清いお付き合いが始まり、お互いに相性の良さを感じて、竜次が探偵稼業を始める時に「手伝ってくれないか」と半ば強引に引っ張ったのだ。
それから二年——。

## 4

タクシーの中からケータイで兄の隆康に連絡を入れると、まだいた。今行くよ、と言って、電話を切った。

牛込警察署長室——。

向かい合った応接セットに座る隆康が、竜次に鋭く訊く。鬢には白いものが目立ち、歳よりも老けて見える。やはり兄弟揃って強情そうな顔をしている。

「それで、お前には何処まで話したんだ？」

「ええ、かなり……、政界の中枢を揺るがすドデカい汚職贈収賄事件に発展しそうな匂いがプンプンしましたね」

「そうだ、だからこっちも軽々に動くわけにはいかんのだ」

「何やら裏で東誠会も絡んでいるらしくて、あの怯えようは普通じゃなかったですね。案の定……、殺られてしまった……」

「私が捜査本部の碑文谷署の方にチョッと探りを入れてみる。何か分かるまでは、お前も東誠会に手を突っ込んでチョッカイを出したりするなよ」

そこには父亡き後、倉嶋家の家長として、また牛込署二五〇名の部下を束ねる長として、自然と備わった貫禄と自信が漂っており、余人を寄せ付けぬ風格として辺りを支配していた。(気軽に「兄貴ィ」と言えないこの威厳は、何なんだ?)竜次は一回り年上の兄に、畏敬の念を抱かざるを得なかった。

「おい竜次、お前もいつまでも自堕落な生活をしていないで、早く後添いを貰って年取ったお袋を安心させてやれ。誰かいい女性はいないのか?」

大学三年、二十一歳の時に起こした飲酒運転による交通事故——。

野田由起子という被害者を、加害者として生涯賭けて償わなければならない、との謝罪と同情心から、毎日病室に見舞ううちにお互いに好意が芽生え、四年の交際期間を経て結婚した。子供も妊娠したのだが流産し……離婚という最悪の結末を迎えてしまったのだった。

あれから十年経った今も、自分には人並みの婚姻生活は営めないのではないのかと、ある種の諦めから自己嫌悪にさいなまれ、独り身の気楽さからいつまでも抜けられずにいる……。

思い出すのは、悪ガキだった自分をいつも陰日向なく慈しんでくれた柔和な母、康子の姿だった。まだ元気なうちにこんな俺の子でも抱かせてやりたいと人並みの願望を夢見たこともあったが、現実はそんなに簡単にはいかない。

竜次は兄の忠告を適当にゴマカし、捜査状況の推移を流してくれるよう依頼して早々に隆康の前を辞した。

歌舞伎町へ戻り、福寿司のカウンターの一番奥の定席に腰を下ろした。

「あっ兄貴ィ、いらっしゃい！」

弾んだ声で板前の卓也が迎えてくれ、何も言わなくてもキープしてあるワイルドターキー十三年モノのボトルがカウンターに置かれる。

「おい卓、まず生ビールを一杯くれ」

「アイヨッ、つまみはいつも通り、おまかせでイイすね？」

ナマを一息に飲む。喉に心地よい刺激が伝わる。

昼前に会ったあのイタチの目をした不安そうな吉田秘書の顔が、脳裏をよぎった。（殺った奴は何故、身元の分かる品物を剥ぎ取って行ったのか？）確かに吉田秘書が内懐から名刺入れを出すのを見た。死体発見時には名刺も運転免許証も、身元を証明するものは何も見つからなかったそうだ。

夕方のニュースで「胸に赤いハンカチ……」と発表され、サンフラワーで待ち合わせた時の目印にしていたので竜次にはすぐに分かったのだ。吉田にとっては、恐怖感でブルブル震えるほどの悪い予感が的中してしまったということだ。心臓を一突き……場馴れした奴の仕業だ。

ロックグラスの酒を舐め、想いに沈んでいたその時、肩を叩かれた。

「おいニイさん、チョッと顔を貸してくれないか、十分で済む」

振り向くと、背の高い、おそらく一八〇センチの竜次より大きい、痩せ細って危険な香りを漂わせた、青白い顔をした男が立っていた。濃紺のスーツにノーネクタイ、白のカッターシャツを着て、一見サラリーマンに見えなくもない。傍にいかにもチンピラ然とした感じの、派手なスカジャンを着た険しい面相の若い男が一人従っていた。

「俺は今、ゆっくりと晩酌を楽しんでるんだが……」

竜次は、好物のヒラメの薄造りをポン酢おろしでペロリと口に運んだ。

「おくつろぎのところを申し訳ないが、昼間サンフラワーでお会いになってた人のことでね、チョッと……」

その口調は、粘りつくような陰湿な感じだった。

「分かった！　卓、このまま置いといてくれ」

立ち上がると同時に、聞き覚えのある頼子の声が響いた。

「やっぱり所長、ここだったんですねェ。卓ちゃん、お腹ペコペコォ、握りでお願～い！　それと生ァ！」

竜次の隣のスツールに座り込みながら、傍に立つ危険な匂いを放つ二人の男達を睨んだ。

「ああヨッコ、すぐ戻る。一人でやっててくれ」

竜次は痩身の男の後を追ってドアへ歩く。後ろに続くチンピラがうそぶいた。

「さあ、ネエちゃん。待ちぼうけになるんじゃねえかなァ」

「大丈夫だ、待ってろ。卓、片付けるなよ」

後ろへ顔を捻じ向け、言い捨てて福寿司を出た。

区役所通りから風林会館を左折して一〇〇メートル西側、大久保病院の薄暗い駐車場の奥へ入って行く。水銀灯がポツンと何本か——人影はない。

背の高い男が気だるそうな感じで振り向いた。

いつの間にかその手には、スーツの裏のベルトから抜いたらしい大型のハンティングナイフが握られていた。それは通りの向かいのキャバクラのイルミネーションに反射して、禍々しく青白い光を放っている。

(よく切れそうなナイフだな……まるでスタローンの映画『ランボー』だ)

「やはり吉田を殺ったのはお前か。この俺も問答無用ってわけか?」

竜次は油断なく距離を測った。後ろにはチンピラがいる。

(多分こいつも、手にはナイフを……?)

「じゃあ訊いてやる。サンフラワーで奴から何を聞いた? 何を預った? 言えるか?」

「俺があんたに訊きたいんだよ、それを」

背後で地を走るスニーカーの靴音が——サッと左へ身を躱すと同時に突き上げられたナイ

フの閃光が頬を掠めた。本能的に竜次の右足の回し蹴りが、すり抜けたそいつの後頭部を打つ。ガツッと食い込む竜次のイタリア製サントーニの革靴の爪先。

「グエッ」

吹っ飛んだチンピラは、頭を抱えてへたり込んだ。

「木村さ〜ん」

ジャックナイフを放り出し、情けない声で呻く。手加減したから、陥没とか脳挫傷なんてことにはなってない筈だ。

木村と呼ばれた背の高い男は、扱い慣れた手捌きでハンティングナイフを小刻みに震わせて、滑るような足取りで近付いてくる。殺しの場数を踏んでいるらしい気配が見て取れる。こちらを侮って面白がっているが、その目には殺意だけがメラメラと燃えている。

竜次には殺られぬ自信があった。（柔道と空手、それに十種競技の日本代表選手だった俺だ。このナイフを躱し、逆に奪い取り、抑えられる……）

静かに向かい合う二人。聞こえるのは、ズリッズリッとアスファルトを擦る靴音と、足元に転がる苦しげなチンピラの唸り声のみ──。

突如、それは始まった。木村の毒蛇の鎌首の如きナイフが素早く心臓を狙って突き出され、喉を切り裂こうと薙ぎ払い、一瞬の間も置かず攻撃してきた。急所を狙っての一撃必殺というやつだ。

心臓を狙って突き出されたナイフをギリギリで右にそらし、木村の右手首を掴んだ。逆に捻って肘を押さえ、肩に担いで投げた。ボキッと大きな骨の折れる音が耳を打つ。木村の身体が妙に屈曲した形で宙を飛び、アスファルトに叩きつけられた。

竜次は息を殺し、外灯の薄明かりに目を凝らした。

――ひと呼吸――。

何と、木村は平然と起き上がり、ナイフを左手に持ち替え、また、滑るような足取りで向かってくる。右腕は不自然にダラリとぶら下がっている。しかしその表情は、小動物をいたぶる野獣が狩りを楽しむような、面白がるような余裕の雰囲気が感じられる。

(こいつは痛くないのか、我慢するにも限度があるぞ、肘が折れ、肩はハズレている筈だ、かなり手酷い衝撃を与えたのだ、どういうことだ?)

竜次は訝しげに木村を注視した。

沈黙のまま木村は舌舐めずりし、腰をかがめ摺り足で近付いてくる。

ナイフを持つ左腕を後ろに引き、攻撃を仕掛けてこようとするその寸前――。

「お巡りさ～ん、こっちこっちィ」

頼子の声がけたたましく響いた。

ドタドタと靴音が乱れ、ホイッスルの音も……。懐中電灯の光が駐車中の車の間から揺れて二筋、チラチラと光って近付いてくる――。

木村はチッと舌打ちし、「おいテツ」と崩折れている若いチンピラを蹴飛ばして駐車場の奥に走り、二メートルほどの高さの鉄柵を片足掛けて軽々と乗り越えて姿を消した。チンピラのテツも頭を抱えながら、ヨタヨタと木村の後を不様に追い掛けて消えて行った。

さすがにジャックナイフを拾い上げることだけは忘れず、その時竜次に送られた執念深そうな憎しみの眼付きが脳裏に焼き付いた。

「所長、大丈夫でしたァ？」

二人を見送る竜次の腕に頼子が飛びつき、息を弾ませている。

「どうしました？」

警官が二人近付き、、懐中電灯の光が竜次の顔を捉える。

竜次は片手でそれを遮(さえぎ)りながら言った。

「いやぁ、チョッとヤクザもんに絡まれて……、大したことじゃありませんよ。こっちには怪我もないし被害もなかった……ヨッコ、だから余計なことをするなって……大人しく卓んトコロで握りを頬張って、待ってりゃよかったんだよ」

「だってェ……怖そうな人達だったから心配で……」

「よしよし、戻って食い直そう、呑み直そう」

歌舞伎町交番へ連れて行かれ、二人の巡査からお定まりの事情聴取を受けた。その後は連絡先だけ教えてから、交番を出て福寿司へ戻った。

夜はまだ長い――新宿の夜はまだ始まったばかりだ――。

# 5

何故、あの男、木村は、肘を折られ肩が脱臼していた筈なのに、なおも平然と殺意をみなぎらせてナイフを構えて攻撃してこれたのか？

全く痛みを感じている風には見えなかった。あれだけの損傷を肉体に受けながら、平気なものだろうか？

――竜次は、ハッと思い当たった。

この世には痛覚のない人間が、何万人に一人だったか何十万人に一人だったか存在すると聞いたことがある。恐ろしいことだ。自分の肉体が如何に破壊されようと、痛みを感じないのだ。肉を削られ、骨を折られても、火にあぶられても痛くも痒くもない。呼吸を止められ、心臓の鼓動が停止するまで、痛痒を感じず身体を動かせるということなのだ。

昨夜の木村がまさしくそれだった……。ゾゾッと総毛立った。

殺し屋として、ヒットマンとして、これ以上の才能はない……おぞましい想いに、何とも凄まじい怪物が絡んできたと竜次は気を引き締めた。

「おい、ヨッコ、これをネットで調べてくれ」

そう言ってメモを渡す。

「なぁ〜に、痛覚って？　無痛？」

ブツブツ言いながらも、頼子は読み掛けの週刊誌をパタンと閉じてパソコンを開いた。


竜次はインターネットもスマートフォンも門外漢で、そんなものには全く興味がなかった。ケータイもガラケーと言われるヤツで充分だった。掛けて、受けて、留守電が聞けて、多少メールが打てるだけ——何の不自由も感じない。俗に言うアナログ人間——結構だ。

近頃の風潮はどうだ。スマホを見ながら、操作しながら、自転車を漕ぎ、駅のホームを歩く。もし前方から身体障害者や盲人や幼児が近付いてきたらどうするのだ。〈ポケモンＧＯ〉なるゲームに夢中になり、人の迷惑考えず、時も場所も関係なく何処にでも踏み込んで、自分さえ良ければ他人が迷惑しようと関係ないのか！　そこには、マナーもルールも弱者に対するいたわりの心も存在しない。そんな連中には、スマホを取り上げてお説教を食らわせたい衝動に駆られる。

（あゝ、俺も古いタイプの人間になってしまっているのか？）

竜次は自嘲気味になるが、この社会現象には反発せずにはおれない。便利になり過ぎるのも考えものだ。

竜次は煙草をふかし、冷えたブラックのコーヒーを啜りながら待った。やがて——プリントアウトされたコピー紙を数枚、頼子が持ってきた。受け取って読み始めた竜次は慄然(りつぜん)とした。

〝先天性無痛無汗症〟学術名CIPA（遺伝性感覚・自律神経ニューロパチーに属する疾患）。症状は大まかには、痛みを感じず汗もかかないというもので、全身の温覚・痛覚が消失することにより防御反応が欠如し、皮膚・軟部組織の外傷には、口腔粘膜や舌の損傷、眼の角膜損傷、全身の火傷や凍傷にも気付かず、知らずに自分の舌を噛み切る例さえある。骨関節では下肢を中心に骨折・脱臼・骨壊死・関節破壊などが多発し、下肢機能が衰える。4型と5型があり、特に4型を先天性無痛無汗症と呼ぶが発汗低下がある場合は重度である。体温の制御ができないうちに脳症を引き起こし、皮膚の潰瘍の形成につながる。指定難病130とされている。

また、精神発達遅滞には適応障害、広汎性発達障害を合併すると、痛覚低下と相まって自傷行為が——云々。

——恐ろしいヤツを相手にすることになった。

ケータイから隆康に電話を入れる。呼び出し音が三度、すぐ兄の声が聞こえた。

「おぅ竜次、捜査本部はエライことになってるぞ。お前からの情報をチョッピリ流してやったら、大騒動だ。何てったって身元不明だった政権与党の大幹事長殿の私設第三秘書が心臓一突きで即死、目黒川に土座衛門だものなぁ」

「兄貴、俺に何か情報をくださいよ。身元が分かったのは、俺の貰った名刺と胸ポケットの赤いハンカチを教えてやったからでしょう?」

竜次はチョッと恩着せがましく言ってみた。

「甘えるな。うん、本部に出向した警察庁警視監の課長って奴が桜井喜久男といって、私の同期なんだ。出世欲に凝り固まった、自己保身に長けた奴でなぁ。私をライバル視しているから、情報も取りづらいだろうがな。ましてや、政権の超大物が絡んだ事件だ。一筋縄ではいかんだろう」

「分かりました。それからですね、兄貴。俺はもう昨夜、早速狙われましたよ。多分、茶店でガイシャと会ってるところを尾行られたか、見張られていたんでしょう。きっと、吉田を殺った犯人ですよ。おっかねえ奴でしたよ」

「どういうことだ。話してみろ」

隆康は落ち着いた渋い声で尋ねてくる。

「得物はデカい狩猟ナイフですよ。思うに、吉田の心臓もあれで一突きだったんでしょう……俺の心臓と喉笛だけを狙ってきましたからねェ」

「拳銃は持ってなかったのか?」

「ええ、ハジキよりナイフで殺る方が好きなんでしょう。東誠会お抱えの殺し専門のヒットマンですよ、多分。傍に付いてたテツとかいう東誠会のチンピラが『木村さん』とか呼んでましたがね」

「よし、調べてみよう。木村とテツだな？　竜次、くれぐれも危ない真似は控えろよ」

「ええ、けど……降りかかる火の粉は叩き落さないとね。じゃ」

ケータイを切ろうとする竜次に、慌てたように隆康が言う。

「おい竜次、竜次、お前の所に報道陣が押し寄せるぞ。情報源を教えないわけにはいかんかったからなぁ。上手く対処しておけよ」

ケータイが切れた。

その時、ピンポーンと呼び出し音が鳴った。頼子が内線電話で応対する。

6

「はーい、どちら様ですか？……ご予約は？……どなたのご紹介ですか？……チョッとお待ちください」

立って竜次の傍へ寄り、声を潜めて口を寄せて囁く。

「所長、色っぽい声の女性ですよ。昨日の吉田さんに関係するお話ですって」

「通してくれ」

そう言って竜次は、新聞や週刊誌の散らばったデスクの上を片付けた。

頼子が鍵を開けると、薄いバーバリーのコートを羽織った長身のモデルまがいの美女が颯爽と入ってきた。

「どうぞ、こちらにお座りください。あの〜、コートをお預かりしましょうか？」

頼子が応接セットの前へ案内し、竜次と向かい合ったソファーを勧める。

「あ、有難う」

女性はコートを脱ぎ、頼子に手渡す。

黒尽くめのスーツ姿——低音のかすれ声。プーンと香水のイイ匂いが鼻をくすぐる。頼子はコート掛けに吊るしながら、思い切り深呼吸している。

女は肘掛けソファーに深々と腰掛け、形の良い長いハイヒールの脚をこれ見よがしに高々と組んだ。膝に載せたグッチの黒いエナメル・バッグから煙草を取り出し、細巻きシガレットホルダーにねじ込む。竜次は腕を伸ばしてジッポのライターでカチン、シュパッと火を点け差し出した。

「あら、ご免なさい、私、そのライターのオイルの匂いが嫌いなんです」

そう言うと、カルティエの高級ライターで自分の煙草に火を点け、深々と一服吸い込んだ。銘柄は知らぬが、細くて長い煙草だ。

（高慢ちきな女だな、俺の一番嫌いなタイプの女だ）

竜次は愛用のジッポでオイルの匂いをかぎながら、ゆっくりと自分の煙草に火を点けた。

「さ、今日はどういうお話で？」

そう言うと、煙を長々と吹きつけた。

「申し遅れました。ワタクシ、民政党赤城幹事長の第二公設秘書、桐山怜子と申します」

バッグの中の名刺入れから一枚抜き取って、デスクの上に滑らしてくる。黒地に金文字の派手な名刺だ。（お水関係みたいだな）と、竜次は思った。

「ああ、こちらこそ。倉嶋です」

竜次も名刺を交換する。

磨りガラスの衝立の向こうで、頼子がＴ－ｆａＬでお茶を淹れながら耳をそばだてている様子がシルエットから分かる。興味津々なのだろう。

長い指に挟んだ煙草から、深く吸い込んだ紫煙を「フゥ〜」と唇をすぼめて吐き出す。真紅のルージュの上にグロスというのか、テラテラ光る艶出しを塗りたくったそれは、熟女の何かを連想させる。

桐山怜子のその唇が、かすれ声で切り出した。

「昨日うちの吉田から、どの辺まで聞きました？」

竜次はトボケることにした。ＩＣレコーダーのことは伏せた。

「さあ……大した話じゃなかったなぁ。それよりもガタガタ震えていましたよ。よっぽど恐ろしかったんじゃないのかなぁ」

　怜子は煙草を揉み消して前に乗り出し、また囁くようななかすれ声。まるで、密室で口説かれているような錯覚さえ覚える。――成熟したメスの匂い。

「うちのボス、ご存知ね？　民政党、赤城克二幹事長。いい？　今まで聴いた話を一切忘れてほしいの。それと、吉田を殺した犯人を捜して。これは着手金……三十万で足ります？」

　そう言うと、厚みのある封筒をテーブルに置いた。

「ええ、充分です。けど、犯人はもう心当たりは付いてますよ、お教えしましょうか？」

「もしかして、東誠会？」

　声は益々ひっそりとして、漆黒の瞳が下から覗き込む。

（この女、俺をたらし込もうとしているのか？）

「ピンポーン！　東誠会の雇われヒットマンでしょう。名は木村なにがし」

「分かりました。これ以上、もうこの件には関心を持たないで！　忘れてください」

　立ち上がって竜次を見下ろすその姿は、背後に与党幹事長の権勢の影を背負って、まるで虎の威を藉る狐然とした傲慢な姿勢が見て取れる。

　竜次の反骨心がムラムラと頭をもたげる。こればかりは生来の気性で、どうにも抑えが利かないのだ。

「何かあったら第二議員会館四〇三号室ですね？」

もう探るな、忘れてくれとは釘を指されたが、イヤミたらしく名刺を見ながら訊いてやる。

ハイヒールとはいえ、立ち上がった竜次と背丈は遜色がない。衝立の横でお茶を載せた盆を捧げたままの頼子に向かって、艶然と「あら、もう帰るから、お茶は結構よ」とコート掛けに顎をしゃくる。

頼子は「はい」と押し殺した声で頷き、盆をテーブルに置き、バーバリーコートを怜子の背から両肩に掛ける。袖を通さず、肩に羽織ったまま、「じゃ、よろしく」と風のようにドアをバタンと閉めて出て行った。階段を降りるヒールの音がコツコツとこだまする。振り返った頼子が憤然と言った。

「なぁ〜に、あの女！　今の香水、ゲランですよ。アタシも好きで、お友達の誕生会や、チョッとお洒落なトコには振り掛けて行ってたんだけど、もう止めたわ。なぁ〜に、女王様みたいに、人を見下して！」

憤懣やるかたない、といったところか。

竜次は荒馬を鎮める馬丁のように、宥めに掛かった。

「まぁまぁまぁ、ヨッコちゃん、ああいう女もいるんだ。真似しなさんなよ」

「誰が、真似なんて！　もう、ゲランもグロスもみんな止めてやる！」

頼子は唇を噛み締めて、宙を睨んでいる。

「おい、ヨッコ、ロックで一杯くれ」

頼子はものも言わず、衝立の陰に入り、荒々しく酒の支度を始めた。

ケータイの呼び出し音――。

竜次のそれは、ワーグナー作曲『ワルキューレの騎行』。あのフランシス・F・コッポラの映画『地獄の黙示録』の中でロバート・デュボールがカウボーイハットを被ってヘリコプター数機でベトコンの部落を急襲するシーンで使用された曲で、ワクワクと気分を高揚させられる好きな曲だ。隆康からだった。

「兄貴、こっちから掛けようと思ってたんですよ」

「いいから聴け。捜査本部は東誠会にガサ入れしたらしい。その木村何とかもチンピラのテツとかいう奴、山口哲夫というらしいんだが、そいつら二人ともドロンだ。何処かへ高飛びか、地下へ潜っちまったらしい。当分、表には出てこないだろう。お前も下手にチョッカイを出すなよ。……で、そっちは何があった？」

「兄貴、デカイのが動き出しましたよ、たった今帰ったんですが、民政党大幹事長殿の公設第二秘書とかいう女性が現れましてね、もうこの件は忘れてくれと口止め料を出して、もう一つ、吉田殺しの犯人を探ってくれということなんで、木村の名前は教えてやりましたがね。もうここまで首を突っ込んじゃったんですから、全て忘却の彼方へってわけにもいかんでしょう」

「そうか……まぁ、また何か動き出すまで静かにしていろ。必ず何かが起こる筈だ。分かったな！」

「は～い、兄上」

チョイとふざけて敬意を表し、ケータイを切った。

カラカラッとアイスの音をさせてグラスの中身を飲み干し、立ち上がる。

「ヨッコ、出掛けるからな、閉めて帰っていいぞ」

区役所通りアフロビル地下にある行きつけのショットバー〈テイクファイブ〉へ寄る。バーテンの修(しゅう)ちゃんが一人で営っていて、大好きなモダンジャズを聴かせてくれる。静かな大人の雰囲気が漂う、イイ感じのバーだ。

茶髪(ちゃぱつ)の長い毛を掻き上げる仕草が母性本能をくすぐるのか、今夜もこんなバーには珍しく若い女性が二人、離れたカウンターでこのイケメン目当てにピンク色のカクテルグラスを前に肩を寄せ、クスクス笑い合っている。

白Yシャツに蝶ネクタイのお定まりのバーテンスタイルではなく、修ちゃんはいつもシルクの長袖シャツを、チョイ胸をはだけて着て男っぽい。今日は深いモスグリーン色だ。そのシャツは黒だったり、グレーだったり渋い色だ――。

竜次は十五席ほどのカウンターの奥に座り、アート・ブレイキーの『モーニン』を聞きながら、首を振って拍子を取り、指は自然とカウンターを叩きリズムを刻んでいる。バーボンのロックを口に、陶然と目をつぶり、激しいドラムの打音に身をゆだねる。竜次にとっての至福の時間だ。

頭を駆け巡るのは、この二、三日の間に我が身に起こったためまぐるしい出来事——政権与党の超大物の秘書が恐怖におののきながら訪ねてきて四、五時間後には、刺殺死体で発見された。夜には指定組織暴力団東誠会の殺し屋に襲われ、危ういところで命拾いをしたが、そいつは痛みを感じない特異体質の怪物だった。警察がガサを掛けたら、トンズラこいて陰も形もなかったらしい。——さあ、これからどう転がっていくのか？　予断を許さぬデカい事件に発展しそうな予感が、むずむずと胸の中を這い回る気配がしている。

「竜次さん、もっと濃くしましょうか？」

竜次の空のグラスの氷をカラカラと揺らしながら、バーテンの修ちゃんが訊いてくる。

「ああ、頼むよ。……どうだい、ここんところは？」

チョッと憂い顔で修ちゃんが声を潜めた。

「ええ、関西から出張ってきてる関西連合大曽根組と地元の東誠会が、文字通りシノギを削って、あっちこっちで小競り合いしていて、一触即発状態でねェ、チョッとヤバイ雰囲気ですよ」

「ふ〜ん、触らぬ神に祟りなしだ。息を潜めているんだな」

「ええ、でもドアに〝暴力団お断り〟のステッカー貼ってるでしょ、あれも奴等にとっちゃ、言い掛かりのイイ種みたいなんですよ。一昨日も隣の〈ザボン〉でひと悶着ありましてねぇ、お巡りが四、五人駆け付けて、エライ騒ぎがあったばっかりですよ」

「そうか……修ちゃんも気が短いから、自重しないとなぁ」

「分かってますって。竜次さんこそ……そのお言葉そっくり熨斗を付けてお返ししますよ」

「ハッハッハ、一本取られたな。飲むかい？」

「いただきます」

カチンとグラスを打ち合わせて、気の合う友と旨い酒を飲む……。

（このピアノはセロニアス・モンクかオスカー・ピーターソンか……）竜次はジャズの旋律に酔いながらバーボンの味に舌鼓を打ち、身をゆだねた――。

## 7

その後、二週間――何事もなく、穏やかな日々が過ぎていった。

デスクに両足を載せ、窓からポケーッと暮れなずむ晩秋の新宿の空を眺めていた。カラスが二、三羽、のんびりと鳴きながら飛んでいく。ねぐらへ帰るのか……。

突然、ワルキューレの騎行が勇ましく鳴り響く。液晶画面には隆康の名が。

「はい兄貴、竜次です」

「ニュースを見てるか？　六チャンネルだ」

抑えた興奮の気配が感じ取れる。

リモコンを押す。出てきた。報道陣に揉みくちゃにされる赤城幹事長だ。

「幹事長！　何かひと言……」

突き出されるマイクが数本、衛視が手荒く制止し、中には突き飛ばされる記者も――。

「何をするッ」

「報道の自由を妨害するのか！」

「幹事長、こちらへ」

守る側と取材する側の双方がけたたましく怒鳴り合いながら、人の輪が動き出す。混乱の渦巻きは修羅場と化して、国会内の赤絨毯の廊下を流れていく。

「見たか、竜次。遂に巨悪の尻尾が掴まれたらしい。山佐建設と産廃の三國とドリーム・カンパニーが絡んで、与党幹事長を巻き込んでの大贈収賄事件に発展しそうだ。目玉は三百万平米の宅地開発の大規模造成だ」

テレビを消音にして画面に目をやりながら、兄の言葉に耳を澄ます。

「これで、東誠会が首を突っ込んできたのも分かるな。何たって、産廃の最終処分場の権利を取ったら、ダイヤモンドの鉱脈を見つけたと同様の価値があるそうだ。安定五品目と言ってな、埋め立てだけでも天井知らずの大した利益が転がり込んでくるらしいぞ」

隆康の解説に、竜次が口を挟む。

「おいしい利権の匂いを逃がすわけがありませんからね。これから、情勢が動き始めそうですね。再び、木村の登場でしょう、死体の二、三個も転がり出ることになりそうですね」

「物騒なことを言うな。お前もくれぐれも自重してな。目立った動きはするなよ、いいな」

「あっ、兄貴、捜査本部の方からは新しい情報は取れませんか？」

「ああ、そのことだがな、ホラ、同期の桜井って一課の課長が『倉嶋警視正、やけに今度の件にはご執心ですね』なんていぶかしがってるから、あまりしつこく探りを入れられんのだ。まぁ、慌てるな、それにだな、私も国家公務員の端くれだ。守秘義務というものがあって、いくら兄弟とはいえ、民間人のお前にペラペラと軽々しく喋るわけにもいかんのだ。分かるな？」

ケータイが切れた。

考えを集中する。何故か闘争心が掻き立てられた。

「お〜い、ヨッコォ、飲ませてくれェ。もう暗くなったからいいだろ？」

基本的に竜次は、まだ明るい陽の高いうちからの昼酒は飲(や)らないのだ。誰に言われて、誰に誓ったのでもない、自分に律した掟だ。

「は〜い、もう飲む頃と思って作ってましたァ、ワイルドターキー、スペシャル・ロックッ！」

磨りガラスの衝立の陰から、まず琥珀(こはく)色したグラスがにゅ～と登場し、続いて頼子のにこやかな顔がクチュッと覗いた。

「何だ、やけに嬉しそうだな」

「ジャジャ～ン！　所長ォ、今日十一月十一日、遂に小島頼子、ヨッコは成人しましたァ！　二十歳のお誕生日で～す」

両手を拡げて万歳ポーズをする頼子。竜次も調子を合わせて万歳ポ～ズだ。

「そうかァ！　忘れてたぁ、よしッ、誕生祝いだ。出掛けようぜェ！」

頼子が手に持つグラスを奪い取り、一息に飲み干した。

ダッフル・コートを肩に引っ掛け、先に表に出る。待つうち、頼子がシャッターを下ろし、ドアに鍵を閉め、竜次に腕を絡ませてくる。

「所長、今日は特別ね、イイでしょ？」

ぶら下がる格好で腕にすがる頼子が可愛らしい。

「よし、デートと洒落ようぜ。京王プラザのスカイバーだ。ポールスターでも行ってみるか？」

「ううん、アタシはいつも通りがいいわ」

「分かった。スタートは福寿司からだな」

二人は恋人のように腕組みして階段を下り、外に出た。

夜のとばりはすっかり下りている。今年の冬の訪れは早そうだ。寒気も厳しいだろう。

いつもの通り、いつものコース――。

福寿司に顔を出し、卓也と頼子の漫才のような軽口の掛け合いを聞きながら肴をつまむ。

ワサビを効かせた鮪の中トロと鮑を焙ったやつと、鮃の薄作りをポンズで――鮃の縁側は竜次の大好物だ。頼子はというと、相変わらず握りのオンパレードだ。

「お誕生日ですものねェ～、それもいつもと違うのよォ卓ちゃん。本物の大人よ、成人よォ」

嬉しそうに頼子がはしゃいでいる。

「ヘェ～、ヨッコちゃん、俺より三つ下かァ、おめでとう！ ねえマスター、今日のこの席、俺のオゴリね」

禿げ頭にねじり鉢巻で口のとんがった顔つきから「タコ大将」とあだ名される店主に声を掛け、得意げに小鼻をうごめかす板前の卓也。

「バッカ、いい格好すんなよ。卓、気持ちだけサンキュー」

「二十年にたった一回じゃない、イイカッコさせてよォ！」

竜次と卓也の会話に、笑いが弾けた。三人で大笑いだ。

その時、入り口のドアから冷たい風が吹き込んできた。

（アイツだ）東誠会のテツと呼ばれたチンピラが、イキがった険しいご面相で近寄ってくる。

「ニイサン、チョッと顔貸してくれませんか？」

「またかい？　頭はもう治ったのかい？」

竜次は皮肉を込めてテツの後頭部の傷をからかい、背後を窺った。どうやら表にあの木村の姿はないようだ。

テツは思わず後頭部を擦って、顔が朱色に染まった。

「ウチの会長がアンタに話があるらしい、頼む、付き合ってくれ」

「よし分かった。ヨッコ、卓、そのままやってな。すぐ戻るよ。ヨッコ、この間みたいに尾(つ)行(け)てくるなよ」

そう言うと、心配そうな二人を残して福寿司を出た。

チンピラのテツは竜次の二、三メートル前を肩を揺すって歩き、まるで露払いだ。また大久保病院の駐車場かと思ったら、ハズレた。

第五角源ビルの三階にある〈クラブ・サンホセ〉――歌舞伎町でも一、二を争う高級クラブだ。表には〝暴力団お断り〟のステッカーが貼ってあって、思わず笑ってしまう。金縁の蔦模様で飾られた黒色の重厚な扉を開けると、黒服の支配人と思(おぼ)しき男が二人、勿体ぶった丁寧さで頭を下げた。

「いらっしゃいませ。こちらでございます」

一人が先に立って案内する。

使い走りのテツはここまでで門前払い、入店お断りだ。お前が出入りできるような店じゃない、十年早いぞというお達しだろう。

エンジ色を基調にしたクロス貼りで値の張りそうな造作だ——ソファーもテーブルも贅を尽くしたイタリー製ロココ調の高級な物だと誰でも分かる。白系ロシア系らしき美女も何人か、粒選りのウェイティングのホステスが十名ほどさざめきながら、案内される竜次を値踏みするようなネットリとした目線で追っている。ボックス席に羽振りの良さそうな二、三組の客が飲んでいる。多分、裏で秘密の売春商売もやっているのだろう。

案内されたのは、店の奥まったＶＩＰコーナー。両側にボディガードだろう黒服に身を包んだ屈強な男が二人、後ろ手に手を組んで睨みを利かせて立っている。他の客の目からは間仕切りで遮断されている。

正面のソファーには、両脇に若いホステスを抱えて、指輪を嵌めた太い指に葉巻（多分キューバ産だろう）を挟んで、ブランデーグラスを傾けている五十代後半、赤ら顔の大柄な男。組織暴力団東誠会会長、稲葉剛造その人、ニュースで見た覚えのある顔だ。

——紫色のシルクのジャケット、ピンクのカッターシャツに真っ赤なネクタイ、袖口から覗く金張り腕時計とカフスボタンは何カラットか知らぬが大粒のダイヤ——悪趣味な男だ。

「ハイ、会長。あ〜ん」

フォークに突き刺したメロンをホステスからお口に入れてもらい、口一杯に頬ばってクチュクチュと下品な音をさせて食いながら、竜次に向けた斜めの視線は、舞台に登場した三文役者を眺めるように面白そうに細められている。竜次は向かい合った肘掛けソファーに腰を下ろした。

「お飲み物は何になさいますか？」

黒服が片膝付いて丁重に注文を訊く。正面の稲葉会長が身体に似合わぬ細い優しい口調で訊いてきた。

「ブランデーなら、このルイ十三世でどうだい？　それともスコッチ？　それともドン・ペリか？」

ホステス達が「ドン・ペリ」と聞いて歓声を上げた。

「いや、僕はバーボンを、ワイルドターキーをロックで」

「ふ～ん、バーボンって、原料はトウモロコシだろ、鶏の餌だよな」

この稲葉の言葉に、お追従で調子を合わせるホステス達の甲高い笑い声がダブった。

「好みがキツイんでねぇ、僕は。好きな酒を飲みたい」

竜次の声は冷たく醒めている。

「畏まりました」

黒服がかしこまって去って行った。

コーナーソファーの端に腰掛けていた、日焼けして精悍そうな薄い茶のサングラスに口髭の四十代後半に見える男が取り成すように口を挟む。

「まぁまぁまぁ、オニイさん、気色ばまずに！　ゆったり行きましょうや」

「あなたは？」

竜次が眼を向けると、ニタリと片頬を歪ませた。

「申し遅れて済まない、東誠会若頭、松浦清次だ。覚えといてくれ」

東誠会の中でも武闘派で名を売っている松浦組組長、強面の大幹部だ。

「ところで倉嶋さん、あんたのお兄さんは牛込警察署長の倉嶋隆康警視正だってねぇ。どのくらい分かってるか知らねえが、何もかも忘れてくれねえか。それ相応にご満足いくようにさせてもらうが、どうだい？」

内懐から分厚い封筒を取り出し、身を乗り出して竜次のポケットに捻じ込んだ。感触としては、帯封つきの束の感じ……。

（どいつもこいつも口止め料を弾んでくれるな）

私立探偵という商売も、ボロい儲けが転がってくるものだ。ヤクザから上前を撥ねるのは、あまり気分のイイものではないが……。

竜次はそのまま頂き、平然とうそぶいた。

「ええ、でも産廃業者の三國と山佐建設とドリーム・カンパニーと、こちらの東誠会が絡んだ上に、政治家さんとズブズブの関係でしょ？　政界の屋台骨を揺さぶる大疑獄事件に発展しそうな大騒動ですよ。既に議員秘書が殺（や）られてますしね。僕の兄貴もそう簡単に、知らぬ顔の半兵衛は決め込めないでしょう。いくら稲葉会長のお頼みでもね」

若頭の松浦がゴマを擂るように猫撫で声で言う。

「倉嶋さん、あんたも強情だねェ。そのポケットの福沢諭吉先生に相談したら、いい考えも浮かぶんじゃないんですかい？」

と薄ら笑いだ。

「松浦さん、あいにく僕は、大学三年の時に退学処分を食らって、こんな慶應義塾大学のお偉い先生のご教鞭には与（あずか）っていないんですよ」

とバーボンをゴクリ。

「じゃあ、その福沢諭吉大先生を束にして行列させましょうか？」

まだ松浦は竜次を篭絡（ろうらく）できると踏んでいるのか、ニヤニヤ笑いだ。

竜次もそれに合わせて、やさしい猫撫で声を真似て言ってやった。

「若頭さん、どれほど福沢先生に説教されても、改心できない根性の曲がった生徒もいるんですよ。約一名、ここにね……」

稲葉剛造の赤ら顔が一挙にどす赤く変化し、奥歯を食い縛っているのが見て取れる。怒りで歯軋（はぎし）りしているのだろう。頭に来やすいタイプらしい。

竜次は追い討ちをかけた。

「会長さん、あの木村っていう狂犬みたいな男は、会長が飼っているんでしょ？　肩も肘ももう完治しましたか？　ここんトコ暫く姿を見てませんが、何処に繋いであるんですか？　放し飼いしない方が、世の中のためですよ」

稲葉の顔が青白く変色した。

「おい若造、調子に乗るなよ！」

先ほどとは打って変わって凄みのある声を唇の端から絞り出し、「あっちに行ってろ」とホステス達を追い払った。

途端に男達五人だけの殺伐たる緊張した空気が、このＶＩＰ席を支配し始めた。

ソファーに座る稲葉剛造と若頭松浦清次、それにこの席の左右に立つ危険な匂いを撒き散らす用心棒二人対、向かい合う竜次一人――。

竜次は張り詰めた空気の中、四人をはぐらかすように、ゆったりとジッポのライターで煙草に火を点け、甘い香りを撒き散らすキューバ葉巻の煙を、手を振って追い払った。右横の刺繍されたレースのカーテンの掛かった大きなガラスに目をやる。

吹き抜けの中庭では、タイルと岩で造園された池の中にライトアップされた小便小僧が、気持ち良さそうにキラキラと光を反射させて可愛い放物線を描いている。トイレで思い切り放尿したくなったが、竜次はグッと下腹に力を入れて堪え、もう一押し稲葉会長を揶揄(やゆ)してやった。

バーボンのボトルをテーブルに押し出す。

「会長、アンタはまるっきりこのワイルドターキーのラベルそのままですね。分かります？　野生の七面鳥……赤くなったり青くなったり」

また稲葉剛造の顔面に血が上ったのが、見て取れた。

もう竜次は止まらない。

「七面鳥って、メスを見ると派手に極彩色の羽根を広げて気を惹こうとするらしいですね。アッ、それは孔雀か、七面鳥じゃなかった。ご免！　でも、欧米ではクリスマスの最高のご馳走は丸焼きの七面鳥だそうですよ」

「野郎ッ！」

稲葉の手に持つグラスがパチンと割れて酒が飛び散り、高級仕立ての紫色のシルクのダブルのスーツにシミが広がった。若頭の松浦がサッと立ち上がり、稲葉に圧し掛かるようにかがみ込み、宥めようと抑えた声で言った。

「まぁまぁ会長、後は任せてください」

用心棒二人がオシボリで稲葉のスーツや膝を拭いている。

「さぁ出ましょう倉嶋さん、お時間を取らせてスミマセンでした。じゃ会長」

松浦は稲葉に目礼して、竜次の腕を取って入り口へいざなう。

竜次は振り返り、肩越しに「会長、また会いましょう」と声を掛けて、クラブ・サンホセを後にした。稲葉剛造の顔が赤くなったか青くなったかは、分からなかった。

## 8

「倉嶋さん、アンタもいい度胸してるねェ」

区役所通りを、松浦に軽く腕を取られ二人の用心棒が前後に——これじゃ拉致と同じだ。行く先は、やはり大久保病院駐車場の奥、外灯の灯りも届かない薄暗い場所だ。立ち止まって三人に囲まれた。松浦が口を開く。

爬虫類系のねっとり陰湿な声音に変調していた。

「これ以上知られたくないんでね。それとウチの会長をあれだけ怒らせた奴も珍しい……命は大事にしなきゃぁな、ニイさん」

三人が一斉に内懐に手を入れた。

体が無意識に反応した。左側の男の眉間を右拳で正拳突き(せいけん)、左正拳で右側の用心棒の眉間を——たった二秒だ。「グエッ」と妙な声を発して、二人は左右に二、三メートルぶっ飛び、内懐から抜き出したロシア製トカレフらしき拳銃が転げ落ちた。

前に立つ松浦が銃身の長い拳銃を引っこ抜いた。こいつはS&W(スミス・アンド・ウェッソン)回転式32口径——サイレンサー(消音器)付きだ。

咄嗟に右肩を松浦の腹にブチ当てると、後ろ向きに両足を空に向かって股拡げ、ブッ転がった。

まだ拳銃を握っている。逃げるが勝ちだ。竜次は、アメフトかラグビー選手のように小刻みに右に左に蛇行して、駐車場奥の鉄柵目掛けて脱兎の如く駆け出した。

目の前のブロック塀の破片がピシッと弾けた。発射音は聞こえなかった。サイレンサーを使っての射撃、用意周到だ。

もう一発、ピシッ！　目の前には、二メートルほどの高さの鉄柵がある。竜次は全速力で跳躍した。大学時代の十種競技の猛練習に比べたら軽いものだ。片手を掛けて飛び越え、裏通りに着地し腰をかがめて振り返ると、まだ二人の用心棒は地上に転がって顔を抱え、のた打ち回っている。

すぐさまその場を小走りで離れ、福寿司で心配して待っていたであろう頼子と卓也の元へ帰り着いたが、ここは東誠会のチンピラのテツが見張っているかも知れないので河岸（かし）を変え、アフロビル地下のテイクファイブへ潜り込む。

修ちゃんの顔を見てホッとした。ミルト・ジャクソンのビブラフォンが心地良い。そのクールな旋律が、たった今までの修羅場から平静な心に引き戻してくれる。

頼子には素直に謝った。

「ヨッコ、折角の誕生日を済まなかったな、埋め合わせはするよ」

「修ちゃ～ん、アタシ、今日から二十歳（はたち）なの、成人式よォ今日は！　もう所長が死ぬほど心配させて、最悪のお誕生日！　もう今日は飲んでやる。何か強～いお酒チョ～ダイ」

涙ぐんでカウンターにうつ伏せになった頼子を見て、ダスターでカウンターを拭きながら近付いた修が、物問いたげな視線を送ってくる。

竜次は黙って頷いた。……この前の木村との格闘を知っているからこそ、泣きたいほど心配し、福寿司でさほど強くもないのに飲めない酒を煽（あお）って待っていたのだろう。頼子の心情が痛いほど分かった。

やがて修が粋な格好でシェーカーを振り、頼子の前にグラスを置いた。なみなみとカクテルを注ぐ。

「ピンク・レディーです。キレイでしょ？『桃色のご婦人』。ジンを強めにしてあります。グレナデンシロップを小匙で二杯、卵白一個……美味しいですよ。ヨッコちゃんの成人を祝って心を込めて腕を振るいましたよ」

にこやかに修が言う。

「おいしィ～！　所長、今日は酔っ払ちゃいますよォ～、お代わりィ！」

一気に飲み干す頼子に戸惑いながら、竜次は修ちゃんに言った。

「好きにさせるさ。一生に一度の誕生日だ、一緒に祝ってやってくれるか」

「竜次さん、何かヤバイことがあったんですか？　こんなヨッコちゃん見るの、初めてですもん」

「ああ……、東誠会にハジキで狙われたよ。怖い怖いッ」

「ヤバイじゃないですか。いいんですかァ、こんな所にいてェ……いよいよ奴等も恥も外聞もなく動き出しましたねえ」

「……事務所を閉めようと思う」

竜次がポツリと言った。

「その方がイイですよ。奴等はトコロ嫌わず、お構いなしですもんねェ」

「所長ォ、アタシ、解雇（くび）ですかァ？　二十歳になった途端にフーテンなの？」

頼子はもう顔を赤くして、呂律（ろれつ）がおかしくなっている。

「まぁまぁ心配するな、事務所を移転するんだよ、給料は払う」

「所長ッ、小島頼子、大人になった初日に史上最悪の誕生日になったのかと思いましたァ。ヒック」

これまでも頼子のしゃっくりが出るという兆候は、酔った証拠だと知っていた。

「修ちゃん、タクシーを頼む、送ってくるよ」

店を飛び出した修が、すぐに戻ってきた。

「大丈夫、今んところ妙な雰囲気はありませんよ。前に停まってます、車」

「有難う、またゆっくりな」

頼子を小脇に抱え、階段を上る。

区役所通りは、いつも通り酔っ払いを呼び込む客引きと異国の女達の嬌声が交錯して、繁華街特有の猥雑さだ。タクシーに乗ると竜次は、頼子の耳元で「行き先は？」と訊いた。

「十二社（じゅうにそう）の新宿公園の真ん前の七階建てマンション……」

車内では竜次の肩に頭をもたれ掛け、安心しきった様子の頼子。

渋滞なのに十五分で着いた。

「おいヨッコ、ここか？　さ、しっかりしろ」

「所長ッ、アタシ歩けな〜い、部屋まで送ってェ」

甘え方は女の本性か？　軽々と小脇に抱えて、エレベーターで四階へ——。

四〇一号室——。

「これ、キーで〜す」

鍵の束をチャラチャラさせながら、竜次の目の前に差し出す。

開けると、十畳ほどのワンルーム——綺麗に整頓されている。

「じゃあ、明日な」

腕をほどき帰り掛ける竜次の首に、頼子の腕が絡みついた。

潤んだ真っ黒の瞳が懸命に訴えかけている。一瞬、二瞬、見詰め合った。唇が重なる。頼子が背伸びして夢中でしがみ付いてきた。

――逞しい竜次の厚い胸板に頬を摺り寄せて頼子が長い吐息をついた。

「初めてだったんだなァ、済まない」

煙草の煙を吐き出し、それを目で追いながら竜次が呟く。

「いやあ～」

恥ずかしがって、シーツで顔を隠し毛布の下へ潜り込み、頼子も呟く。

「でも良かったァ、二十歳になったその夜に所長にあげられて……」

「今日まで俺のために取っておいてくれたのか？　嬉しい限りだ」

「所長ッ、アタシってそんな蓮っ葉な女じゃありませんからね！」

「分かってる分かってる。……さあ、眠れるか？」

ピンク色のベッドサイド・スタンドの灯りを消した――。


新宿の夜空、漆黒の闇の中に高層ビルが幾棟も聳え立ち、微かにカーテンの隙間から差し込む明かりは、何やら危険な気をはらんで立ち込めている。

竜次は右腕を畳んで頭を載せ、闇を見詰めた。このめまぐるしかった数日を反芻し、寝付かれなかった。竜次の左腕を枕に身体を丸めて寄り添った頼子は、やがてスースーと安らかな寝息を立て始めた――。

# 第二章　バックスキンのブルゾン

1

要するにこういうことなのだ。

数紙の新聞のニュースをまとめれば、神奈川県相模原市にある、四十五年前に建設された、市営マンモス団地が耐久年数を超えて、新しいマンション、児童公園、福祉老人施設などニュータウンが建設される一大総合コミュニティとして計画されたのが数年前——蜜に群がる蟻のように、猛獣の捕らえた餌肉に群がるハイエナか禿げ鷲のように、旨い汁を吸おうとその利権争いは凄まじい争いとなってきている。

まず旧市営団地を解体する業者〈三國〉、そこに横から首を突っ込んで骨の間の腐肉を食らおうと、関西連合大曽根組の息の掛かった産廃業者〈北山鉄鋼〉、入札で落札したと言われる〈山佐建設〉が……これも価格漏洩と談合が行われたと専ら(もっぱ)の噂が永田町界隈や建設関係業界には流布されている。

なお、広さ五〇ヘクタール（東京ドーム約一〇個分）のレジャーランド開設に名乗りを上げた〈ドリーム・カンパニー〉……そこにもってきて、地元神奈川県十四区選出の民政党赤城克二幹事長の収賄事件――。組織暴力団東誠会、関西連合大曽根組も絡み、三つ巴、がぶり四つに組んでの利権の分捕り合戦が火を噴き出したのだ。既に殺人事件も発生し、どう転んで行くのかオチどころはさっぱり予想もできない。

一九七六年には、世紀の首相の犯罪と言われた米航空機メーカー、ロッキード社を巡る五億円の収賄ピーナッツ事件、事実は三百億円の金が動いたと噂される――証人喚問で、この年の流行語大賞を受賞した「記憶にございません」の、首相の刎頸(ふんけい)の友、小佐野某。もう一件、二年後の一九七八年には、ダグラス・グラマン事件（日米間の戦闘機購入に絡んだ汚職事件）――。証人喚問で宣誓書に署名する際の中心人物、日商岩井の専務、海部某の手が震え、字が書けない様がテレビ中継され、やはり小佐野同様「記憶にない」を繰り返した。

ドラマであんな大袈裟な芝居をしたら「この大根役者！」と演出家から罵倒され、灰皿や脚本をブツけられるのは必然だろう。『事実は小説より奇なり』の言葉通り、ドラマの虚より実の方が「これってギャグじゃないの？」と揶揄されて当たり前の、手指の震え方だった。その後のリクルート事件、佐川急便事件など政財界を巻き込んでの醜い、日本中が大騒ぎした大事件に匹敵するような様相を呈してきている――。

竜次は新大久保通りの事務所を閉め、同じ新宿区でも牛込署管内の若松町にある八階建てマンションに移転した。

同棲を始めたヨッコとの住居は、八階建てセリーズマンション八〇一号室、事務所はその三階下の五階、五〇一号室に構えた。あの二度にわたる東誠会との命を懸けた闘争があったのに、竜次はまたヨッコという弱みを背負ってしまったことになる。男は守るべきものを抱えると、それが足枷(あしかせ)となり弱みとなる。

だから、隆康が署長を勤める牛込警察の庇護の傘の下に入り、なおかつセキュリティ管理が万全と評判のマンションに入居したのだ。隆康も安心してくれた。歌舞伎町・新大久保通りと東誠会の縄張り(なわばり)内ど真ん中で探偵事務所など開業していて、なお一連の東誠会との悶着を心配してくれていたので、竜次が自分の署から五分の距離に移転してきたことに安堵し、胸を撫で下ろしたらしい。その分、チョコチョコ呼び出される回数が多くなったが。

今朝もまた、ワルキューレの呼び出し音が高々となった。

「あっ、兄貴、お早うございます。どうしました?」

「すぐ来てくれ、特ダネだ」

プツッ。切れた。

ヨッコに告げて駆けつけた。

歩いても十分、若松町から飯田橋に向かって、牛込神楽坂のチョイ手前、南山伏町、大久保通りの右側に十階建ての灰色の庁舎が建っている。

顔見知りの立ち番警官に「オッス」と片手を上げて、署長室へ――。

秘書官の婦人警官がお茶を淹れてくれ、応接セットで待つうち、所用を済ませた隆康が「おぅ、来たか」と呼び付けておきながら、のんびりと現れた。

「何すか、特ダネって?」

竜次は、隆康が腰を下ろすより早く尋ねた。

「驚くなよ、民政党大幹事長様の第一政策秘書が行方不明だ。大垣正之っていうんだが、拉致監禁されたんじゃないかと、ブン屋さん達は騒いでる。何処から漏れたか、あるいは嗅ぎつけたか、また、殺られた吉田第三秘書の二の舞かとの思惑も否定できない。グツグツ煮詰まってきてるからな」

「あの吉田秘書は、自分のボスの幹事長と、東誠会との繋がりを示す手掛かりを持っていたので、我が身を証明するものは全て剥ぎ取られ、東誠会の木村に心臓を一突きされ、目黒川に放り込まれたんですよ」

竜次は自分の推測を披露した。

「そんなところだ、大垣公設第一秘書がそうならぬよう祈るだけだな。お前も命を狙われてるんだから、気を緩めるなよ。何処から飛び道具が飛んできて、何処からナイフが突き刺さるか分からんぞ」

「ハイハイ、せいぜい心しますよ」

「いや竜次、口先だけじゃなくだな……」

隆康は得意の渋面と眉間に皺だ。まだ何か言いたそうだったが、「また、何かあったら……」と早々に辞した。

事務所に帰ると、事態はもう動き出していた。

ヨッコが強張った顔でお茶を淹れながら「また、あのゲランよ」と囁く。事務所へ足を踏み入れると、今日も黒尽くめのスーツ姿で、ソファーに足を組み黒パイプで煙草をくゆらせている桐山怜子の後ろ姿が見えた。事務所内にはゲランの香水の匂いが充満して夜のムードを喚起し、何だか朝っぱらから馴染まない。

「ああ、今度の事務所の方が明るくて素敵ねェ」

振り返った桐山怜子は言った。

通りに面した窓は、全面ガラス張りなのだ。今日は白いレースのカーテンが下りている。

「どうして、ここが分かりました?」

桐山女史の前の椅子に腰掛けながら、竜次は訊いた。

「あ〜ら、蛇の道は蛇よ」

そう言って、怜子はピンクの舌をヒラヒラさせた。

丁度、お茶をテーブルに載せようとかがんだヨッコの顔の目の前だ。

「どうぞ、粗茶(そちゃ)でございます」

ヨッコは益々強張(こわば)っている。

「あ～ら、粗茶だったらいらないわ。美味しい煎(せん)茶か緑(りょく)茶はないの？」

「はあ、ウチは粗茶だけしか置いておりません」

と澄ました顔のヨッコ。

（そんな筈はない、クライアントに出すお茶は値の張った上等品を揃えている筈なのだが……女の意地ってやつか？）

本当は煎茶なのに、ヨッコは粗茶だと言い張っている。竜次は可笑しくて噴き出しそうになった。

「じゃあ、これで今度から美味しいお茶を用意しておいてくださる？」

怜子はまた分厚い封筒をバッグから取り出して、テーブルの上に置いた。

（余程、銭がザクザク余っているのか、こっちを物乞いとでも軽んじているのか……？）

竜次は封筒を押し戻しながら、言った。

「何ですか、これは？　この前頂いた手付金が、まだ残ってますよ」

「これは今日のご依頼の件の手付け金よ。ズバリ言うわね。ウチの大垣第一秘書が一昨日から行方不明なの。捜索願いよ。引き受けてくださる？」

隆康から聞いたばかりだったが、トボけて尋ねる。

「ほぅ～、状況を説明してください。吉田さんの例もありましたから、ご心配ですねェ」

「そうなのよ。二日前、議員会館は夕方四時頃に出たのよ、赤城先生の御用で相模原の方へとか言ってたわ。ワタクシが見たのはそれが最後……それっきり、ウンともスンとも消息不明よ。いかが？ 動いてくださる？」

「分かりました。やってみましょう」

「良かったッ、顔写真置いときますね。それからこれが、立ち回りそうな関係各所のアドレス……その中には危険手当も含んだつもりよ。では、よろしくね」

大垣秘書のカラー写真とコピー・リストをテーブルに置いて立ち上がった。

今日のコートは、真っ黒のミンクの毛皮だ、ゲランの香りを振りまいて颯爽と帰って行った。（これで、議員会館や国会内を闊歩しているのだろうか？）秘書というよりも銀座のクラブ・ママだ。

「ヨッコ、出掛けるぞ」

竜次はケータイのカメラで置いていった顔写真を撮り、チラッとヨッコを見て、笑いながら言った。

「さあ、永遠のライバルもご帰還した。そうイラつくなよ」

「もう～竜次さんたらッ。問題にしてませんよォ～だ」

二人だけの時は、いつの間にか呼び方が自然と「竜次さん」に変わっていた。人前では相変わらず「所長」とシャッチョコ張っている。ヨッコなりの表と裏のけじめの付け方なのだろう。竜次にとってはどうでもいいことだった。

クローゼットから薄手の黒のタートルネックのセーターを引っ張り出し、お気に入りの鹿革のバックスキンのブルゾンに袖を通す。ジーンズはリーバイス製だ。靴は柔らかい子牛の皮で、ゴム底靴。それにスエードの黒手袋、いざ、出陣だ！

今年の冬の訪れは早い。朝晩吐く息はもう白い。冬将軍の到来も間近だろう。

「来訪者のモニターチェックはしっかりとな」

ヨッコに言い置いて、タクシーで新宿駅へ——二十分だ。西口から小田急線特急で四十分、相模原駅到着。

2

竜次は十年前のあのおぞましい交通事故以来、車の運転は一切止めているのだ。駅前からタクシーに乗り、現在取り壊し中の旧市営団地へ向かってもらう。

「運転手さん、どうですかこの辺は？　ニュースで見てるだけだけど……」

高齢の人の良さそうな運転手が、バックミラーを覗き込んで話し出す。

「お客さんも、チョッとトッポク見えたんで怖かったんですけど、どうやらアッチ関係ではなさそうなんで安心しましたよ。ええ……ダンプが一日中走り回って、それが東京の暴力団と関西連合の息の掛かった解体業者でしょ。角突き合わせて、しょっちゅう小競り合いですよ」

「ふ～ん、同じ、車を転がす仕事をしてる身としちゃ、とばっちりを受けないように、怖い思いをしたこともあったんでしょうねェ」

「そうなんですよ、まだまだ長いコト続きそうですもんねェ」

国道十六号線を西へ、橋本を過ぎて――やがて解体現場へ到着した。

タクシーを降りると、辺りには粉塵が渦巻いて息苦しいくらいだ。防塵シートで解体現場の周囲は覆われているが、思わず手袋をした両手で口と鼻を押さえた。竜次は思った。市の環境アセスメントは一体どうなっているのだと。

一台のダンプカーの横腹に〝三國〟、もう一台には〝北山鉄鋼〟の文字が、それぞれ白ペンキでデカデカと書かれている。数台の大型ショベルカーが、砕かれたコンクリートやレンガやタイルの破片、折れ曲がった鉄パイプなど、ガラクタ、瓦礫類を荷台に放り込み山積みにしている。

満杯になったダンプの一台が砂塵を巻き上げ砂利を跳ね飛ばして、けたたましく警笛を鳴らしながら十六号線へ飛び出して行った。

竜次は通りへ走り出ると、手を上げてタクシーを止めた。

「あのダンプを追ってください」

指差しながら後部座席に乗り込んだ。

「煙草吸っていいかなぁ、運転手さん？　煙草中毒(モクチュウ)なんですよ、僕」

「しょうがないねぇ。窓開けてくださいね」

小柄な中年の運転手だった。

「スンマセ～ン」

竜次は煙草の煙を思い切り吸い込む。半分開けた窓から、乾いた冷たい風が吹き込んできた。

ダンプカーはかなりのスピードで飛ばしている。段々、勾配が険しくなり、山の方へ——。前方に横たわる山は高尾山・丹沢の山並みだろう。ダンプカーを追って、タクシーも登り始めた。

さっき見た限りでは、東誠会と関西大曽根組は表面的にはごたごたを起こさず産業廃棄物を運び出しているようだ。どういう利鞘(りざや)の分配なのか、詳しくは竜次には分からぬが、水面下ではドロドロとした醜い争いが繰り広げられているのだろう。（腹を空かした狼同士だ、どう噛み合うのか？　三國と北山の代理戦争といったトコロか——？　こちらは高見の見物と行こう）

ダンプカーはくねくねとした山道を唸りを上げて登って行く。

もう一時間も走っただろうか――？　上から荷台が空のダンプが一台下ってきた。二台のダンプは鼻つき合わせてストップした。

「運転手さん、そこで停めて。待って！」

竜次は尾行してきた三國のダンプから三〇メートルほど離れた崖際の、カーブになった陰に寄せてタクシーを停めてもらった。後部座席から見守る。

三國の若い運転手が窓を開け、首を突き出して喚いた。

「この野郎ッ、どけ〜ッ！」

「テメエの方こそ譲れよ、このクソ餓鬼ィ！」

と、北山鉄鋼の運転手。

「何をッ！」

ドアを開けて飛び出そうとする三國側の若い運転手と、それを押し留めようとする歳取った助手。上に位置取る北山側の運転手席では、何やら助手と二言、三言、やがて……。

「分かった分かったァ、譲ってやるよォ」

そう言うと、バックして自分達の車を脇へ寄せて行く。

「バッキャロォ！　最初からそうしろ、カッペが！」

唾を吐きつけ、三國のダンプが進み出す。

すれ違って躱すのかと思ったら、突然――上にいた北山のダンプがアクセルを踏み込み、三國の横腹に体当たりを食らわした。ガツーンと鈍い衝突音が山肌にこだました。そのままギリギリギリッと押していく北山のダンプカー。――土佐の闘牛場の角突き合わせた牛の押し合いを見るようだ。お互いがアクセルを目一杯踏み込んでの突っ張り合い――。赤土を跳ね飛ばし、タイヤはスリップして空回りしている。やがて――。三國のダンプが排気量負けか、廃棄物を満載している重量のせいか、車体が斜めに傾いだ。フロントガラスに見える若い運転手の顔が恐怖に目を見開き、「ワァ～ッ」と聞えない叫びを残して、ダンプはスローモーションでも見るように荷台を下にして崖下へ消えていった。

ガラガラドッカーンと衝撃音が二度、三度聞えた。

「一一〇番しますね」

震え声で言うタクシー運転手を残して、竜次は車を飛び出た。

と、運転席から崖下を覗き込んでいた北山のダンプが、バリバリッと赤土を跳ねて下り始めた。駆け付けようとする竜次と、北山の運転席の二人の目線が絡み合った。今度、何処かで遇っても、見間違う筈はない。竜次は人の顔を見分ける自分の記憶力に自信があった。

北山のダンプはマフラーから薄い紫色の排気ガスを撒き散らして、下りカーブから消えていった。

五〇メートルほどの高さがある崖下を覗き込むと、モウモウと砂煙が上がり、ひしゃげたダンプカーとコンクリートの瓦礫と鉄パイプの残骸が無惨に折り重なって散らばっている。運転手二人の姿は見えない。

突如、ドカーンと爆発音——漏れたガソリンに引火したのだ。凄まじい炎と黒煙が噴き上がり、異臭が立ち昇ってくる。もう二人の運転手は絶望だろう——少しでもチャンスがあれば救出しようと思ったが、諦めざるを得ない。

「すぐ警察が駆け付けてくれるそうです」

タクシー運転手は顎がガクガク震え、真っ青だ。

「済まないが、産廃の捨て場はまだ遠い？」

「いえ、一度も行ったことがないもんで……でも、もうすぐだと思いますよ」

「頼む。どうしても行かないといけないんだ。チップは弾むよ」

「でもォ、このこと警察に事情聴取されるんでしょう？ 待ってないと……」

逡巡(しゅんじゅん)する運転手の肩を掴む竜次。

「まだ市内からここまで来るのに時間が掛かりますよ。ね、お願いします」

運転手側のドアを開けて、半ば強引に押し込んだ。

山道を登ること車で十分——産業廃棄物の墓場に到着した。最終処分場埋立地だ。

産廃業者にとっては、この最終処分場の権利を取得するということは、ダイヤモンドの鉱脈を掘り当てたと同等の莫大な利益が転がり込むことが保障されたものらしいとは、隆康に聞いた。一応料金を払ってタクシーを降り、待ちタイムにして待ってもらう。

廃棄残骸物を降ろした空のダンプカーが二台停車していた。運転手達は外に出て煙草を吸い、休憩中らしい。ショベルカーが二台動き回っている。

突然、そのショベルカーの運転手が作業を止めて飛び降り、崖下を指差し叫び出した。

「首だァ！　バラバラ死体だァ！」

煙草を吸って休憩していた他のダンプの運転手達も駆け付け、五、六人の男達が下を覗き込んだ。竜次も駆け付け一緒に首を伸ばす。

一〇メートルほど下の谷に、粘着テープで目隠しされた頭部と、数メートル離れて上半身が――後ろ手に縛られた物言わぬ物体が――、腰から下は見当たらない。竜次は確信した。

竜次の後ろから覗き込んでいたタクシー運転手が「ゲエッ」と喉を鳴らして、吐き出した。黄色い吐しゃ物が足元に派手に散らばった。無理もない。初めてこのように無惨な死体を見たら、普通は誰でもそうなる。

（間違いない、行方不明の大垣秘書だ）

竜次は七、八メートル下まで用心して降り、切り落とされた首を覗き込んだ。（包丁とか刃物ではない。ノコギリか？　いや、もっと鋭く一気に……）ハッと思い当たった。（チェーンソー、電動ノコギリだ）

何とおぞましい……その上、アングリ開いた口の中には殆ど歯がない。二、三本、残っているかどうか……。強引に引き抜かれたらしく、血溜まりがまだ乾いていない。

チョッと離れた所には、胸元が血で汚れた白Yシャツに赤紺のストライプ模様のネクタイを締めた首のない胴体部分——。結束バンドで後ろ手に手首を拘束され、その指の爪の何本かは剥がされて黒っぽく変色している。かつて人間の肉体の一部であったとは到底思えない。

(どんな無惨な拷問だったろう？　何を聴き出したかったのだろう？　何処まで話すまいと頑張ったのか？　ここまで痛めつけられて、自白を我慢できるものだろうか……)　竜次は暗澹たる想いで上を見上げた。

と、一人険しい顔で携帯電話を耳に押し付け、頷きながら竜次を凝視している男と目が合った。さっきの三國のダンプを崖下に突き落とした北山のダンプの運転手からの伝言だろう、「こんな格好した奴に見られたから、帰りの駄賃で始末してくれ」とか……。

ヤバイッ。頭の中で警報が鳴り響いた。

危険を察知した竜次がさりげなくガラクタの積み重なった谷をよじ登ると、丁度タクシー運転手が警官に連れられて車に乗り込み、パトカーを後ろに従えて去って行くところだった。さっきのダンプカー落下事故の現場まで案内するのだろう。もう一人の警官がこっちへ駆け寄ってくる。タクシー運転手が、今見たバラバラ死体を報告したのだ。すれ違う警官の、竜次に向けられた疑惑の目線をさり気なく顔をそむけてかわし、山道の下りを歩き出した。呼び止められなかった。

ブルルルッと重々しいトラックの始動音に後ろを振り返ると、丁度、北山のダンプに乗り込んだ二人の男が目に入った。竜次はジョギング程度で軽く走り出した。砂利と土を蹴散らしてダンプが発進し、追い掛けてくる。右側は切り立ったような崖、左側は渓谷。一本道だ、何処にも脇道はなかった。竜次は全速力で駆け出した。

昔取った杵柄（きねづか）とは、まさにこのことだろう。かつて修練した能力——十年経過してもなお衰えない十種競技の技能。二日間で、一〇〇メートル、一一〇メートルハードル、四〇〇メートル、一五〇〇メートルの短、中、長距離走を競ったオリンピック候補選手だった。あとは、砲丸、円盤、槍投げなどの投擲（とうてき）、それと走り高飛び、走り幅跳びなど十種、それぞれ相反する身体能力を必要とする競技において、全て一線級の成績を残さなければならない。現在の世界記録は、米国のアシュトン・イートンの九〇四五点。一種目一〇〇〇点の持ち点に換算し、その合計で順位を競う過酷な競技なのだ。竜次は八〇〇〇点を超える……。十種競技——キング・オブ・アスリートと称される所以（ゆえん）だ。

竜次の筋肉が覚えていた。確実に、柔らかい子牛皮のシューズは土を噛んで宙を蹴っている——。しかし、ダンプカーは轟音を立てて背後に迫っている。凶暴な唸りを上げて襲い掛かる猛獣だ。（跳ね飛ばされる！）

一瞬早く竜次は、右手側の崖に自ら身体をぶっつけ、へばり付いた。風を切って躰（からだ）すれすれに通り過ぎるダンプカー——。

すぐさま飛び出し、竜次はダンプを追った。助手席の男が窓から上半身を乗り出して振り返っている。竜次は走った。マフラーから噴き出す青白い煙とガソリンの匂い――。

竜次はジャンプして荷台の縁に飛びついた。ガッチリと掌は鉄の感触を掴んだ。助手席の男の喚き声が聞える。ギギギッと嫌な音を立て、振り落とそうと右に左に車が揺れる。カーブでスリップし、ダンプカー自体が、この曲がりくねった下り山道で危うい芸当をしている。運転手は自分で分かっているのか？ もはや左右に振られる遠心力で握力が耐えられる限界一杯だ。

（振り落とされる――）

覚悟した寸前、ダンプカーの左前輪がガクンと道路を外れ、傾いて滑走しているのを本能的に察知した。脱輪だ。竜次は自分の身体を振って反動をつけ、右崖側に飛び降りた。

ダンプカーはあっという間に頭から崖下に姿を消し、怪獣が断末魔の叫びを上げるが如く凄まじい金属の擦れ合う音とバウンドする衝突音を残して、またまた爆発炎上したらしい。

一瞬遅れたら危なかった、運命共同体だった。

竜次はへばりついた崖脇から、向かいの落下した崖下を覗こうと駆け寄ろうとしてハッと踏み留まった。右側の目の前三〇メートル先の陰から、警官とさっきのタクシー運転手が姿を見せ、ダンプの落ちた崖下を覗き込みながら何やら叫んでいる。

（顔を合わせたらマズイ）

竜次は助走をつけて跳躍し、三メートルほど上の松の木の根元の枝に飛びつき、鉄棒の蹴上がりの要領で崖の上の林の中に身を潜めた。走り高跳びの要領だ。竜次にとっては容易い(たやすい)アクションだ。

遠くから聞き慣れた「ピーポーピーポー」というパトカーのサイレンが聞えてきた。今日は、相模原警察署は忙しいことになりそうだ。二台のダンプカーが崖から落下し四人の人命が奪われ、なおかつ首と胴体がバラバラにされた。それも、おそらく二日前から行方不明の超大物国会議員の公設第一秘書と思われる惨殺死体が発見されたのだ。身の毛もよだつ残酷な拷問を加えられて目をそむけたくなる損傷体で――。三つの事故・事件が所轄管内で同時に勃発したのだ。マスコミが押し掛け、上を下への大騒動となることは必至だ。

竜次は崖上の林の中に身を隠し、押し寄せる何台もの警察車両、救急車をやり過ごした後、下り山道へ降り、長い孤独なマラソンに挑戦しなければならなかった。何度かパトカーとすれ違ったが、その度に身を隠した。

多分、タクシー運転手が目撃者として竜次のことを話すだろうが、身元を知られるようなヘマはしていない。それに、たまたま現場に居合わせただけだ。しかし、タクシーに搭載された防犯カメラには、必ず竜次の姿は記録されていることだろう。（対策を考えねば……）

市内の十六号線に出るまで一時間ほど、この寒風の中でも、長距離の駆け足で汗ばんでいた。赤土で汚れたバックスキンのブルゾンはリバーシブルなので表皮の黒に裏返して、タクシーを拾い、小田急線相模原駅へ——。

多分もう、消えた目撃者として手配されていることだろう。見た目の着衣の印象をゴマカさねばならない。（リバーシブルの革ジャンを着てきて良かった……）

3

——忙しい一日だった。しかし収穫の多い一日でもあった。明日の新聞、テレビニュースが楽しみだ。（兄貴と桐山怜子に知らせたら、どんなリアクションを起こすだろう？）兄貴からは特ダネとして聞き、桐山女史からは捜索願いとして依頼された数時間後には、その対象者はバラバラ死体で発見された——。

——一時間後、新宿駅に降り立ち、竜次は見慣れた夜の景色に、何かホッと懐かしい気分になった。我が家に戻った感覚だ。高層ビル群のシルエットが、蒼暗い夜空に浮かび上がっている。都庁の各階層にはまだ灯りが煌々と輝いている。残業か？ 昼前から出掛けて、もう夜だ。腹もペコペコ、喉もカラカラだった。

早くヨッコの元へ帰ってやりたい、さぞ心配で気を揉んでいることだろう。ワイルドターキーをロックで飲みたい。よし、久しぶりに福寿司にヨッコを呼び出そう。ここんところ自重して歌舞伎町に出てきてなかった。まぁ東誠会の追求探索を甘く見てはいけないが、そろそろ、チョッとぐらいならいいだろう。

そう高を括って、西口からケータイでヨッコを呼ぶ。

「ああ良かったァ、無事なのね竜次さん」

早くも涙ぐんでる声音に聞える。

「ヨッコ、久しぶりに卓とバカッ話で盛り上がろうぜ。握りのオンパレードだろ、今日も？　腹一杯食いなよ、じゃすぐにな」

西口から東口の歌舞伎町までタクシーで五、六分。

福寿司のドアを開けると、卓也がカウンター奥からスッ飛んできた。

「兄貴ィ、いらっしゃ〜い。心配してたんですよォ。元気そうですね……。ワァ〜、今日のその格好、カッコイイっすねェ！　真っ黒の皮ジャンに真っ黒の徳利セーター！」

「ハッハッハッハ、そうかァ、気に入ったんならやるよ、この皮ジャン」

「キャッホォ、やったァ！」

本当に嬉しそうだ。こっちまで嬉しくなってしまう。

その時、自動ドアが開き、寒風と一緒にヨッコが息せき切って飛び込んできた。竜次の胸にしがみ付いてくる。

「竜……所長ッ、心配してたんですよォ」

見上げる瞳は、もう涙目だ。

「まぁまぁまぁ、卓、ここでいいのか？」

いつもの奥の定席は、既に中年カップルに占領されていた。入り口に近いスツールに腰を下ろす。

「おい卓、ホラよ」

ブルゾンを脱いで、カウンター越しに手渡す。

「すんませ～ん、有難うございます」

卓也は押し頂き、すぐさま板前の割烹着の上から袖を通してカッコを付ける。ねじり鉢巻に革ジャンのその珍妙な姿に、他の常連客からも笑い声と声援が飛んだ。

「卓ちゃん、カッコいいよッ」

「あげちゃうの？気に入ってたのにィ」

隣のヨッコが惜しそうに言う。

「ああ、誰かさんが指くわえて、よだれが垂れそうだったからな、プレゼントだ。チョッと汚しちまったけどな」

「でも今日、外は寒いわよ」

もうヨッコは女房気取りだ。

「そこからタクシーに乗りゃ、どうってことないさ」

「兄貴ィ、スンマセン。それにヨッコさんも……」

もう卓也もヨッコの存在を直感的に認めている。

この前の二十歳の誕生日、事務所移転の何週間前とは二人の雰囲気が微妙に違うのを察知しての言葉だろう。卓也なりに気を使っているのだ。そして小鼻うごめかして革ジャンを脱ぎながら、言った。

「でも、先週オレ、プロボクサーのライセンス合格したんですよ！　モチ、四回戦からですがね。その前祝いってことで……頂きます」

恐縮した卓也の顔。

「そうかァ、そいつはオメデトウ。祝杯を挙げようぜ。俺にはナマをくれ。今日はチョッとマラソンをやってな、喉がカラカラなんだ」

「相模原で何かあったの？」

ヨッコは眉を曇らせて心配そうだ。

「いや、チョイとダンプのブチ当てっこと、追っ掛けっこをしてな」

「まあ！」

ビックリまなこのヨッコを尻目に生ジョッキを掲げ、一人で先に「カンパーイ」と一気飲みだ。

何も知らぬヨッコも卓也も「カンパーイ」とジョッキを打ち合わせた。

「卓、いつものやつ、ロックでな」

「ハイヨッ」

今日の卓也はいつにも増して威勢がいい。

——今晩中に隆康に報告せねばなるまい、あまり酔わないうちに——。依頼主の桐山怜子には明日の朝だ。（ブッたまげるだろうなァ！）

## 4

翌朝、隆康には前夜ケータイであらましを話してはおいたが、また電話ではマズイと思い、捜査本部側の新しい情報も仕入れたかったし、牛込警察署へ出向いた。

竜次が来るのを待っていたように、署長室へ入るやいきなり隆康が口火を切る。

「おい竜次、ＤＮＡが一致した。捜索願が出ていたので照合したら、当たりィだ。相模原署に立ち上げた捜査本部はてんやわんやだ。考えてもみろ、東誠会の息の掛かった三國解体業と、関西連合が後ろ盾の北山鉄鋼の代理戦争だろう。たった一日で、あのダンプカー同士のブチ当てっこで運転手四人が命を失い、捨てられた産廃のゴミの中から行方不明だった赤城幹事長の第一公設秘書がむごたらしいバラバラ死体で発見されたんだ。タクシー運転手の証言で、現場まで乗せた男の客が消えてしまったそうだが、捜査中とのことだ……。竜次、お前だな。尻尾を掴まれるような真似はしなかったろうが、当分は見つかるなよ」

「大丈夫だと思います、タクシーの運転手とは話もしたし姿も見られていますがね、残したのは靴跡だけです。指紋は手袋をしてましたから大丈夫。僕が犯人じゃないことは運転手も証言してくれるでしょう。僕はその場に居合わせただけですからね。キツい捜査にはならんでしょ？」

「馬鹿者。タクシーには犯罪防止カメラが搭載されてるんだぞ。お前が映ってるのは確実だ……。割り出されるのも時間の問題だろう。引っ張られたら、何一つ隠さず喋っちまうことだな」

　隆康がしかつめらしい厳粛な顔つきで、竜次を見詰めて言った。

「そうですね。こっちには隠すことぁ何にもないんだから、洗いざらいぶちまけますよ」

「それがいいだろう。相模原の県警本部長というのが、これまた、本庁時代の私の後輩という男だ。碑文谷署の桜井よりはやりやすいがな。それからな、バラバラにされた大垣秘書、生きたまま歯を抜かれ、生爪を剥がされ、首をチェーンソーで切られた。生体反応が出たそうだ。生きている人間にアレだけの拷問を与えてる。しかし何故あそこまで無惨に拷問できるのだろうか？　心理学者の分析では、サイコパス症候群というかサディスティックな異常性欲者なら、平気の平左で殺るだろうということだった」

「サイコパスって、あの……？　昔のヒッチコック映画をＤＶＤか何かで観ただけですけど……」

「つまりな、生き物のむごたらしい死に様を見て異常な喜びを感じる性癖だ。子供の頃から、蛙や鳩や猫など小動物を切り刻んだり……ほら、二十年くらい前（一九九七年）、神戸の酒鬼薔薇(さかきばら)事件のA少年な、覚えているだろ? 初めは猫の目をくり抜いて、口を横に切り裂いたりして弄(もてあそ)んでいたが、これがエスカレートして年下の少年に試したくなった。ハロウィーンのかぼちゃをくり抜いた仮面のように、その猫と同じ処刑をして、その頭部を早朝中学校門前に置いて新聞配達員が発見して以来、日本全国を震撼させた猟奇事件があっただろう。そういう、生きているものをより残酷に怖がらせて死んでいくのを見ることに、無上の喜びを感じるソシオパスともいうんだが、異常性欲を感じる人種が存在するそうだ。大垣秘書を殺ったのは、きっとそんな奴だよ。こういうことを言ってるんだ、酒鬼薔薇聖斗(せいと)は。曰(いわ)く『初めて勃起したのは小学五年生で、カエルを解剖した時です。中学一年では人間を解剖し、はらわたを貪(むさぼ)り食う自分を想像してオナニーしました』ってな」

竜次の背中がゾゾッと粟立(あわだ)つように総毛立った。東誠会の殺し屋木村に続いて、また恐ろしい猟奇的なサディストが登場してきた。無意識に顎の傷痕を撫でていた――。

「バモイドオキ神信仰といってな、血に飢えている自分の信じる神に儀式のように遺体を傷付け、その行為にエロティシズムを感じ、殺すことに、バラバラにすることに勃起し、射精している怪物なんだよ。竜次、またお前も狙われないように、せいぜい気を付けろよ」

「ええ、分かりました。せいぜい気を付けます」

神妙に頷いて隆康と別れた。世の中には変な人間が生息しているものだ……。

事務所に戻ると、ヨッコが興奮して喋り捲る。

「竜次さん、あのゲランが、いえ桐山怜子から電話が立て続けに掛かってきてるわ。今朝のニュース見たら当然よね……あら、まただわ。ハイ、倉嶋探偵……はい戻っております、お待ちください」

呼び出し音がプルルッと鳴るか鳴らぬ間に、手品師のように受話器を取り上げての早業だった。

「ハイ、倉嶋です。どうしました？」

受話器を思わず耳から遠ざけた。

「倉嶋さん、アタシ怖いィ、お願いです、助けてください」

甲高い震え声がビンビン耳を打つ。あのいつもの人を見下すような上から目線の気取った低い声の感じは微塵もない。ワタクシからアタシに変わっている。

「倉嶋さん、どうしてアタシにあなたの携帯電話の番号を教えてくださらないの？　もう心細くて心細くて、生きた心地がしなかったんですよォ」

「まぁ落ち着いてください桐山さん、まだニュースでは大垣秘書とは確定して発表してませんが、まぁ十中八九間違いありません。僕は昨日、一メートルの近さでそのチョン切られた首と胴体を見てきましたからね。顔面はボコボコに腫れ上がって歯なんて殆どなかったですが、お預りした写真と……」

「ヤメテッ、止めてください。……アタシも狙われるんじゃないかしら？」

その声は悲鳴に近い泣き声だった。

（チョッと脅し過ぎたか？）竜次は反省し、ゆっくりした口調で落ち着かせようと話し出した。

「確かにあなたは、赤城幹事長の第一と第三の間の第二秘書ですからねェ。何を知ってるんです？　奴等は何故、何について口を割らそうと執拗に狙ってくるんです？　もうそろそろ真相を聞かせてもらえませんか？」

「……倉嶋さん、アタシを護衛してくださらない？　その報酬はキチッとさせてもらいますけど」

「桐山さんッ、ボスに付いているSPを一人二人回してもらいなさい。僕が四六時中あなたの護衛に就くなんてこと、できるわけありませんよ。それに僕自身が命を狙われてヤバイ立場なんですからねェ」

「そうですよね、分かりました。先生に相談してみます」

玲子は急に素直になり、聞き分けのいい子に変身した。

「まぁ、くれぐれも気を付けてください。特に外出する時にはね！」

「はい、有難うございます。それじゃぁ……」

切れた。

「ヨッコ、熱いコーヒー入れてくれるか？　ブラックでな」

「アタシの入れるコーヒーはいつも熱いですよォ、ぬるいことありました？」

「憎まれ口を叩くなよ」

ヨッコは桐山女史に嫉妬しているのだろうか？　いつも対抗心を燃やすのか、カッカしている。

竜次はどっかりと自分の椅子に沈み込み、顎の傷痕を撫でながら考える。

桐山怜子は震え上がっていた。そりゃそうだ。大垣も吉田も、人殺しの大好きな異常者に殺られたのだ。グサッと一突きで殺る奴と、ネッチョリと徐々にいたぶってその死に様を楽しみながら殺る異常性欲者と二人——その性癖は一生治らないのだろう……。覚醒剤中毒の患者は、その再犯率が七〇パーセントを超えるという。シャブの快感を一度脳が覚えてしまうと抜けられないジレンマにのた打ち回るとか？　それと同じだ。

今度のソシオパス・シンドローム——犯人は、目の前でのた打ち回って死ぬサマを、多分よだれを垂らし、死にゆく標的の目を覗き込みながらオーガズムに達して射精し、満足感に浸って喜んでいるのだろう……！　何とおぞましい、酸鼻を極めた殺人犯なのだろう……！

「ヨッコ、犬を飼おうか？」

「ワァ〜、嬉しいッ、トイ・プードル？　シェットランドも好きだなぁ」

ヨッコはコーヒーのマグカップを自分の分と竜次のと二つトレイに載せて、持ってきた。

テーブルに置き、並んで腰を下ろす。

「ウォン、ウォウォーン！ ガブッ！」

竜次は恐ろしげに吠えてみせ、ヨッコの手首を握って上腕に噛み付いた。

「わぁ〜、何ッ？ ナニッ？」

ヨッコは、のけぞって恐ろしげな表情だ。

「ドーベルマンかシェパードだよ」

「えーっ、そんな大型犬？ 何でェ？」

「ボディガード犬さ」

コーヒーカップを両手で包んで温めながら、両足をテーブルに載せる。

「えーっ、用心棒？」

「そうさ、俺が留守にする時は片時も離さず傍に置いとくんだ。住居でもここでもな。兄貴に頼んで警察犬を回してもらうよ。いつここが東誠会や異常者に嗅ぎ付けられるか、分からんものなァ。ホラ、桐山女史も『蛇の道は蛇よ』ってうそぶいていたじゃないか、移転先を突き止められるのも時間の問題だ。暴力団を甘く見ちゃいけない」

「そうよねぇ」

ヨッコは深刻そうに眉を寄せて、コーヒーを啜った。

た。

――夜、肌を合わせ、愛を確かめ合った後、ヨッコは竜次の裸の胸を撫でながら訊いてきた。

「ねえ、別れた奥さんのこと、話してくれない？」

「どうした、急に？」

「ううん、何でもない……」

あとは黙り込んだ……。

――十年前の苦い思い出が蘇えってくる。

――ギギギギィガッシャーン！

深夜の新宿通り、新宿三丁目交差点。酒に酔った竜次のスカイラインGTは赤信号を見落とし、四谷方面から進入してきた車の横腹に激突した。一回転して停車した竜次のスカGーー。相手のボンネットは見るも無惨にひしゃげて、ラジエーターから盛大に蒸気を噴き上げている。竜次の顎には砕けたフロントガラスの破片が食い込んで、出血がひどい。それが今も残る竜次の顎の傷痕だ。戒めの証しとして、形成手術できれいにはしていない――。

それよりも、見れば向こうの運転席には若い女性が一人、首をヘッドレストに傾けて失神している。ガソリンに引火したら……。あとは無我夢中で車を飛び出し、救出――。

記憶はその辺から断片的におぼろげに薄れ、動きはスローモーションとなって、歯がゆい。「早くッ早くッ」と警鐘が鳴り響き、嘔吐しそうな気分の悪さだ。車から血だらけの女性の身体を引きずり出し、路上に横たえた。救急車の中でその手を握り、神様、何とか命だけは、命だけは！と懸命に祈っていた。

——女性は左手の小指と薬指を切断。左足も救えず遂に膝下を切断し、義足装着という最悪の結果となった。野田由起子——竜次より一つ年下の武蔵野音大ピアノ科の女子大生だった。

自分の犯した罪に、精一杯の誠意を見せ、毎日のように病室を見舞い回復を祈った竜次だが、ピアニストを夢見る音大生の未来を絶ってしまった自分の過失に苛(さいな)まれた。やがて退院したものの、左足を引き摺る義足の由起子に責任を感じ、同情を抑えられなかった竜次は、償うためには彼女の一生を背負わなければいけないと心を決め、妻としたのだ。

しかし、竜次が優しく接すれば接するほど由起子の心は閉ざされ、捻じ曲がり、たわいない諍(いさか)いからなじられた。

「あなたのせいよ！　私の夢を奪って、こんな身体にされたのは！……」

ようやく妊娠の気配に、子供でも生まれればこのギクシャクした夫婦関係も少しは改善されるかと期待したのだが……。由紀子は階段で義足の足を滑らせ——転落、破水、流産と最悪の結果を招いた。故意に流産を画策したのではないかと思われる。夫婦間の溝は深まり、もはや修復不可能となってのこの始末。――苦いものを飲み込んで、十年前の思い出をシャットアウトした。

いつものように竜次の左腕を枕に寝入っているヨッコ。竜次はヨッコの髪をそっと撫でた――。

その三〇メートル下、八〇一号室を見上げる背の高い、瘦身の男が一人――。もう年も暮れようというこの寒空に、コートも着ずに喉元のボタンを外した紺色のスーツのみ、黒い闇の中に街灯がポッと照らす下に白い息を吐きながらたたずむ痛覚のない男、木村。寒さも暑さも感じない爬虫類の眼は、無表情に八階の角部屋のカーテンの隙間から漏れる薄明かりを凝視していた――。

## 5

翌朝、事務所を開け、モーニングコーヒーを啜り、朝刊を読んでいると、ピンポーンの呼び出し音が――。

はぁーい、とヨッコがインターホンを取ると、マンション入り口のカメラが二人の男を映し出し、一人が陰鬱な声で「相模原警察の者です。倉嶋さんはご在宅ですか？」と言った。

（日本の警察の捜査能力は大したものだ、三日で俺に辿り着いたぞ）半ば感心しながら「どうぞ、五〇一号室です」と、マンションの玄関オートロックを解除した。そしてヨッコに早口で囁いた。

「多分、任意で相模原署へ引っ張られるだろう。心配するな、兄貴にはあとで知らせておいてくれ」

蒼白な顔で頷くヨッコ。

途端に、事務所のインターホンがピンポーンと鳴った。ドアを開けると鋭い眼つきの二人の刑事が入ってきて、警察バッジを見せた。

「倉嶋さん。何故、お訪ねしたかお分かりですね。相模原署まで任意で同行して頂けますか？」

「泊まりにはなりませんよね？」

「さぁ、それは……訊問の結果次第でしょうなぁ」

中年刑事のねっとりした物言いが気色悪かったが、竜次は素直に応じた。

両脇を固められた後部座席に乗せられ、パトカーで相模原署まで――むっつりと車内での会話はなかった。

取調室では、素直に何一つ隠さず質問には応じた。何故、相模原へ来たのか？　何故、三國のダンプカーを追ったのか？　何故、谷底へ降りてバラバラ死体を確認した後、現場から姿を消したのか？　探偵稼業が商売で、与党赤城幹事長政策秘書行方不明事件の捜索を依頼された。全てはそこから始まったということ。牛込警察署長の実弟であること等々――洗いざらい喋り、事実確認が取れたため、無事その日のうちに釈放された。

年が明けた――。

形だけのオトソと雑煮（ぞうに）、ヨッコは祖母から仕込まれたという黒豆と里芋の煮っころがしを、何とか竜次に気に入ってもらおうと寝る間も惜しんでの奮闘ぶりだった。

竜次はバーボンのロックを片手に「旨い、旨いなァ」と箸を伸ばした。

傍らのフローリングの床に寝そべる犬〈ラッキー〉は、隆康のツテで手に入れた警察犬で、雄のジャーマン・シェパードだ。茶色の眼が何とも賢そうで可愛い。

しかし、引き取りに行った訓練所で見せてもらったターゲットに向かう猛襲ぶりには舌を巻いたものだ。その俊敏さ、牙の鋭さ、躊躇（ちゅうちょ）のない動き、何を取っても一級品の警察犬だった。このラッキーがいる限り、住居でも事務所でもヨッコを一人残して出掛けても安心というものだ。

マンションの玄関口でのセキュリティ・システムはモニターテレビに来訪者の顔を映して判別する万全な安全対策を備えている。部屋のドアの前でも同じく、二重のチェックができるのだ。

ここ何週間は取り立てて変化は感じない。東誠会の動きがないというのが、何か不気味だった——。（静かに爪を研いで、襲撃の時を窺っているのだろうか？）竜次は気を緩めぬよう、神経を張り詰めていた。

テレビでは、年が明けてからの通常国会、予算委員会の質疑応答が映し出されている。矢面に立たされているのは、民政党幹事長、赤城克二。野党推進党の若手旗頭、野沢辰郎が舌鋒鋭く、追及の手を緩めない。しかし、海千山千の古狸、赤城幹事長は毛ほどの隙も見せず堂々と論陣を張って、世紀の贈収賄事件を煙に巻こうとしている。

赤城幹事長は一六〇センチあるかなしかの身長だが、肩幅の広い貫禄たっぷりの押し出しと、相手を睥睨（へいげい）する鋭いまなこを向けられると、普通なら萎縮（いしゅく）して口も利けなくなるのではないか……どう野党が手を緩めず突っ込んでも、引き下がる気配を見せない。四十年前のロッキード事件の小佐野某とはエライ違いだ。小佐野に反して赤城はその厚顔無恥ぶりをテレビは余す所なく映し出している。（この自信たっぷりの悠然たる態度は何処から来るのか？）

竜次の目がハッと画面に吸い寄せられた。画面上方、ドアのすぐ横の椅子に座る桐山怜子の姿を発見したのだ。いつものように黒スーツをスッキリ着こなし、嫌でも衆目を集めている。どうやら第一秘書に昇格したらしい。密談、談合、贈収賄、政財官界入り乱れての修羅場のど真ん中に放り込まれたということだ。好むと好まざるとに関わらず、泳がざるを得ない。

ヒロインの白鳥として存在するためには、水中で水掻きの足を目まぐるしく回転させ、ブクブクと沈まぬようにあがき続けねばならないのだ。優雅に見える上半身とは対照的に、水中の足は動かし続けている、沈まぬように――。白鳥のように――。

カメラが質問者である野沢辰郎の緊張したアップを捉えた。

「赤城幹事長、あなたは反社会的勢力、新宿を本拠にするT会という暴力団組織から、五千万円を入れた紙袋を受け取ったという事実はありませんか？」

顔を紅潮させて核心を衝いてきた野党の切り込み隊長。

「さあ、何の話でしょう。さっぱり分かりませんなぁ。何か証拠でもあるんですか？」

百戦錬磨の赤城は鼻先であしらっている。

「あなたの秘書という方が新宿の喫茶店で確かに受領したという……」

「どの秘書ですか？　名前を出しなさい、名前を。秘書の吉田ですか？　死人に口無し、亡くなってしまった者にどうせよというんですか！　言い掛かりをつけるのはお止めなさい！」

逆に質問者を叱責している。

委員会は与野党から野次が飛び交い、ザワザワと紛糾してきた。委員長席を与野党の議員達が取り囲み、怒号と罵り合いでもう収まりが付かない。委員長は「休憩致します。休憩です」と、マイクにしがみ付いて絶叫している。

竜次はリモコンを押し、テレビを消した。

また茶番劇が始まった。私腹を肥やそうとする醜い争いだ、解体、産廃、土地売買、建設、さまざまな業種が利権に群がって歯をむき出しているのだ。いや、もう既に分捕り合戦は情け容赦もなく始まっている。いつこっちに火の粉が飛んできて巻き込まれるか？　いや、もう既にそのど真ん中だ。

（何故、奴等は自分を狙うのか？　最初、あの吉田秘書と会って話した時に何か聞き漏らしたのか？　何か重要なキーワードに気が付かなかったのか？）

もう幾度も辿ったあの歌舞伎町の喫茶サンフラワーでの吉田との会話の記憶の断片を、手探ってみる。

（何処だ、何処に隠した？）

キーワードは、そのＩＣレコーダーだ。

竜次の飲む今日のワイルドターキーのロックは胃に沁みた。

竜次は顎の傷痕を人差し指で撫で擦り続けた。それが、考え事をする時のいつものクセだった。

月が明け二十日――アナウンサーが単調な声でニュース原稿を読んでいる。

「昨晩十時頃、国土交通省建設管理課長、大柳泰三さん五十歳が、港区青山の九階建てビルの屋上から飛び降りて自殺しました。この大柳さんは、去年十一月、目黒川で刺殺体で発見された吉田俊彦さんとは、高校生時代から親交があるということで警察もその関係を捜査している模様です。警察発表によりますと、覚悟の自殺らしく屋上にはキチンと靴が揃えられ、その靴の上にはご家族に宛てられたものとみられる遺書が置かれていたようです。場所は荻窪の自宅からは離れた港区青山一丁目……」

（さ、また動き出したぞ――）早速、兄にケータイを入れる。

「おう竜次、こっちから電話しようと思ってたところだ。見たかニュース？」

「ええ、国交省の役人が絡んできましたね。いよいよ本格的な贈収賄事件の泥沼に発展してきた模様ですねェ。あ、チョッと待って」

事務所の電話が鳴り、すぐにヨッコが子機を手に近寄ってくると、小声で「桐山秘書さんからです」と子機を差し出した。

「兄貴、早速桐山女史からですよ。また、掛け直しますね」

ケータイに言って、子機に変わった。

「もしもし桐山さん？どうしました？テレビに映ってるあなたは宝塚のスターのように光ってますねぇ、いつも観てますよ国会中継」

桐山女子の、興奮を抑えようとわざと押し殺した声が受話器を通して聞えてきた。

「倉嶋さん、今日はあなたがこちらの議員会館の方へ来てくださらない? ワタクシ、そこまで行くのが怖くて怖くて……」

「そうでしょうねえ、分かりました、伺いましょう。今すぐ出ます」

子機を受け取りながら、ヨッコが心配そうに眉を寄せて言う。

「竜次さん、気を付けてね。アタシ、もう心配で心配で……」

桐山女史は「怖くて怖くて」、ヨッコは「心配で心配で」……どうして女性は同じ言葉を繰り返すのだろうと、妙なことが気になった。

「あっ、ヨッコ、盗聴探査機、出してくれ。持っていく」

「ハイ」

ショルダーバッグに入れて差し出すヨッコの心配そうな曇り顔のオデコに、チュッとキスして受け取り、「ラッキー、頼むぞ」と愛犬の頭を撫でてドアに向かった。


千代田区霞ヶ関、日本の政治の中枢、伏魔殿、国会議事堂――。

そのすぐ裏の第二衆議院会館四〇三号室。厳重な守衛のチェックに「アポイントは取ってますよ」と告げて連絡を取ってもらい、エレベーターで四階へ――。

ドアを開けた桐山怜子は、飛びつかんばかりに喜色満面で迎えてくれた。

「先生、ご紹介致します。この方が倉嶋探偵事務所の倉嶋竜次さんです」

さすが政権与党の大立者、赤城克二。

立ち上がったその姿は、辺りを払うカリスマ的雰囲気がみなぎっている。髪は半白で後頭部は薄くなってはいるが、鋭い眼光は変わらず、小さいながらガッシリした体躯を仕立てのいい背広が包み、愛想よく握手を求める。人たらしと言われる所以だろう。選挙民が取り込まれる理由が分かる気がする。

人を惹きつける魅力溢れるその笑顔で、竜次に話し掛けた。

「いやあ、あなたの兄上が若い頃に、私のSPを担当してくれてお世話になったんだよ。また、今回もお世話を掛けてるようで……」

竜次はそれを片手を出して遮り、言った。

「チョッと皆さん、お静かに。お待ちください、これを……」

竜次は持参したショルダーバッグから取り出した電波発信探査器を見せ、電源をオンにした。すると――。途端に「ピー」と電波をキャッチした。

赤城幹事長も、桐山女史も、お茶汲みの女子事務員も、ビックリ仰天の顔付きで硬直し、竜次を凝視している。

竜次は「シーッ」と人差し指を立て、電波発信探査機を見詰めながら動き出した。昔取った杵柄だ。数年前まで勤務していた探偵事務所で仕込まれた離婚訴訟裁判で、依頼人が有利な証拠を掴むために仕込んだ盗聴装置を発見する仕事は散々やらされたのだ。

直感だった。(必ず何かある、もしもこの議員会館の幹事長執務室が盗聴されていたら……日常会話の中に国家を覆すような党利党略の謀略、あるいは利権に群がる業者の談合や謀議が日夜交わされていたのではないのか……?)

五分ほどの調査の結果、コンセントタップに一個、電話機に一個、盗聴器のチップが発見された。その場に立ち会った人間は皆、息を呑んで青ざめて立ち竦んでいる。当然だろう。

(誰が、いつ、これを仕掛けることが可能だったろう?) それは数え切れない訪問者や陳情団がこの部屋に入り乱れて、――推測することは難しい。なお、盗撮カメラの方は仕込まれてはいなかった。

「あっ、先生、お時間です」

青ざめた表情の秘書桐山女史が促す。

「じゃ、倉嶋君よろしく。私はこれで」

赤城克二はそそくさと部屋を出て行った。SP二人が慌てて後を追う。

見届けてすぐ、桐山女史は応接セットのソファーに頭を抱えて崩折れた。

「誰が、いつ、こんな盗聴装置を……」

喉元から搾り出てくるその声はかすれて、ようやく聞き取れるほどだ。

「桐山さん、僕が今日呼び出されたのはどういう……国交省の大柳課長の投身自殺の件じゃないんですか？」

「ご免なさい倉嶋さん、後日にしてもらえます？」

相当なショックだ。それはそうだろう。安全なる我が家、完全防備の筈の我が城と思い込んでいるからこそ、ここで語られる会話は部外秘、決して外には漏れないと信じているからこそ、あけすけに語られていたことだろう。今までの経緯を掘り返し、対策を練らねばなるまい。知られてはならないあの言葉、あの日付、内容、どれをとっても足をすくわれ、命取りになるであろう謀議が、この部屋でなされていたのだ。

桐山女史の蒼白な顔と赤城大幹事長の慌てぶりは、何を物語るのか——。

## 6

その日は福寿司の板前、卓也のプロボクサーとしてのデビュー戦だった。

会場は水道橋にある後楽園ホール、ボクシング興行のメッカだ。東日本ボクシング新人戦——卓也はジュニアフェザー級四回戦での出場だった。

竜次とヨッコは、卓也が手配してくれた招待券を手に、リングサイド前列四列目に座っていた。

試合開始のゴングを待っていた。

古来から日本人は「四」という数字を忌み嫌うのだが、果たしてこの四列四二番、四三番は不吉な予兆なのか？　竜次は割りとそういう謂われを気にするタチなのだが、嫌な感じを頭から振り払い、選手入場口に目をやった。

　赤コーナーサイドから、タオルだけを肩から羽織った姿で卓也が登場した。まだガウンなどは着せてもらえない。リング下でシューズに松ヤニを踏んで馴染ませながら、竜次の方へ眼を向けた。ワセリンを塗られた卓也の顔がテラテラと光って、精悍に見える。

　ヨッコが立ち上がって両手の拳を胸の前にかざし、ガッツポーズを作ってみせると、卓也は不敵に片頬歪ませて笑い、頷いた。

　ロープを潜ってリングへ上がると、小刻みに体を揺らしてピョンピョンと跳ねながら一周し、拳を掲げて観衆に挨拶した。――デビュー戦とは思えない。イイ度胸だ。緊張の気配はない。

　竜次は、可愛い弟を見る思いで、その挙動を目で追った。

　対戦相手の真中伸治は、無敗でここまで勝ち上がってきた未だ一度もダウンされたことのない強豪選手だ。舐めた態度で卓也を見遣っている。

　やがて、「チーン」と試合開始のゴングが鳴った。

　卓也は調子が良さそうだ。スムーズに左ジャブを繰り出し、的確に相手の顔面、ボディを捉えている。昨夜、福寿司のカウンターの向こうで「大丈夫ですって、竜次兄貴ッ、試合は明日の晩ですよォ、まぁ楽しみに見に来てください」と自信満々だった。

バスッと卓也の右ストレートが、カウンター気味に相手のテンプルに命中した。真中はガクッと膝から崩折れ、顔面からマットに倒れ込んだ。

卓也はニュートラルコーナーで、獲物を前にした猛獣の如く身体を揺すり、倒れた真中をねめつけてカウントを待っている。

レフェリーの派手なアクションの「ワン、ツー、スリー」のコールに、観客も一緒に声を合わせて同調し、テン・カウント。

一ラウンド一分三〇秒、見事なＫＯ勝ちを収めた。

卓也は両手を挙げて、四方に勝ちを誇示し、得意満面だった。そこには、勝者と敗者の残酷な対比が――。格闘技では避けようのない現実。もしかしたら逆に卓也がリングに寝ていたかも知れないのだ。

「ヨッコ、祝杯だ。卓の控え室を覗いて声を掛けてから表で待ってる。車を入り口に回してくれ」

「ハイッ！」

ヨッコは小躍りしながら、地下駐車場へ駆けていった。

竜次は運転はしないが、今年に入って黒のニッサン・エルグランド４ＷＤ２５０ＸＧを購入したのだ。チョッと大型だが気に入っている。ヨッコが運転し、竜次は大人しく助手席に座っている。あの事故以来もう一生運転はしないと、心に誓って……。

ヨッコが駐車場に行くと、まだ全ての試合が終了していないので、車の出入りはなく、人影もなかった。水銀灯の灯りが、シーンとした駐車場を照らしている。ヨッコが車の鍵を開け、ドアに手を掛けたその時、いきなり右肩を掴まれ、後ろへ引き戻された。

ハッと見ると、そこにはあの険相の持ち主、東誠会のチンピラ、テツのニヤけた顔が眼前に迫っていた。福寿司で二度、竜次を誘い出しにきた時に見掛けた忘れようもない顔だ。

ニンニク臭い口が近付いて耳元で囁く。

「ネエちゃん、暫くだったなぁ。こっちの車に乗り換えてくれねえかな?」

「ナニッ、何するの? キャア~、誰か来てェ、助けてくださ~いッ」

叫び声を塞ごうと、テツは掌でヨッコの口を覆ってきた。

ヨッコは、その手に噛み付いた。

「クソッ、このアマッ」

テツは形相をさらに険悪にして、鉄筋コンクリートの柱にヨッコの背を押しつけ、片手で喉を絞めてくる。身動きできない。

その時――。

口を塞ぐ腕がヨッコから引き剥がされ、ガツーンとテツが殴り飛ばされた。

ハッと見れば、そこには、さっき試合を終えたばかりの卓也が、両拳を構えテツを睨みつけている。

「卓ちゃん、どうしてここへ？」

「ヨッコさん、早く竜次兄貴の所へッ！」

卓也は油断なくテツを見据えたまま、まだ試合を続けているかのように、ピョンピョンと跳ねながらシャドウボクシングの構えで言った。

テツがニタリと笑い、顎を擦りながら立ち上がった。尻のポケットからジャックナイフを取り出し、パチンと刃を飛び出させた。

「オメエ、さっきは見事なKO勝ちだったが、今度はそうはいかねえ」

舌なめずりしながら低い姿勢でナイフを突き出して、近寄ってくる。

「卓ちゃん、危ない！　逃げましょ、早くッ！」

「大丈夫ッ、ヨッコちゃん任せて、それより早く兄貴の所へ行って！」

「卓ちゃん、ゴメン。今、竜次さん呼んで来るからねッ」

バタバタバタとヨッコは駐車場のスロープを上へ駆け上がっていった。エレベーターなんて待っていられない。焦燥感がヨッコをそうさせた。

駐車場の片隅で、わびしい蛍光灯の灯る下に相対する卓也とテツ。

ナイフが煌めき、卓也のパンチがテツを倒す。

その時、三台離れた乗用車のドアを開けて、ヌゥーと背の高い痩身の男が降り立った。東誠会の殺し屋、木村だ。

——三分後、竜次がスロープを駆け下りて来た。

「ヨッコ、何処だァ！」

数十歩遅れてヨッコが「そっち、そっちィ」と、指差す方向へ竜次は駆け寄った。その時——、キキキキィーッと急発進ですれ違った車が一台あった。見ると運転席にはハンドルにしがみつくテツと、助手席に座る木村の姿が——。ニヤついた爬虫類の眼が竜次を見ながら、勝ち誇ったようにすれ違っていく。

竜次の心臓が泡立ち、焦燥感で振り返ったコンクリートの柱の陰の血溜まりの中に、卓也が横たわっていた。駆け寄った竜次が抱き起こす。竜次がプレゼントしたあの鹿皮のブルゾンを着ている。

「卓ッ、卓ッ！」

揺り動かすと卓也の閉じられた眼が微かに開いて、竜次に焦点が合ったらしい。

「あっ、兄貴ィ」

もう虫の息だ。

「見、見てくれたァ？　勝ったでしょ？」

「ああ、卓、立派なＫＯだったぞ！　もう喋るなッ」

「ヨ、ヨッコさんは？」

眼が泳いで辺りを探している。

「卓ちゃん、ゴメンね、置いていって」

卓也の傍に膝を突いたヨッコは、もう泣き顔だ。

卓也が「ゲボッ」と血の塊を噴き出した。肺をえぐられているのだ。

「楽し、かったァ。さ、さよ、……な、ら」

ガクッと首が傾いた。

「卓ちゃ〜ん」

ヨッコが、もう物言わぬ卓也の身体にしがみついて号泣し始めた。

シーンとした地下駐車場のしじまの中に、堪（こら）えようのないヨッコの泣き声だけが空虚にこだましている。竜次はただ、黙然と膝の上に卓也を抱き締めて、うつろな眼で虚空を見詰めていた。言い知れぬ疲れと脱力感に抱かれて――。

# 第三章　テイクファイブの夜

## 1

歌舞伎町〈福寿司〉には足が遠のいた。

カウンターを挟んだ向こうに、あのいつもの人懐っこい卓也の威勢の良い声が聞こえない。ヨッコの好きな握りのオンパレードにもお目に掛かれない。ヨッコは卓也の握る寿司が大好物だったのだ。

「ハイッ、お待ちィ！」

あの元気な声とともにカウンターに並べてくれる卓也の寿司は、もう食べられないのだ。

「ああ卓ちゃん！」

ヨッコは涙ぐみながら一日に何度か、そう言っては吐息をつく……。

週刊誌は「プロボクサー、ＫＯ勝利直後、刺殺さる」「鋭利な刃物で一突き！　誰が？　何故？」などと、センセーショナルにあの事件を報じている。

所属のツクダ・ボクシングジム会長の津久田武雄が語っている。

「何たってうちの希望の星№1ですからね。夜の祝勝会会場の予約表と出席者のリスト・コピーを取りに車まで行ってもらったんですよ」

何故、試合終了直後の選手に、そんなつまらぬ用件を言い付けたのか？　控え室には他の練習生が何人もいた筈なのに……。

竜次はハッと思い至った。何故、今まで思い付かなかったか。

ツクダ・ボクシングジム――暴力団東誠会の息の掛かる拳闘倶楽部だ。新大久保通りに面したビルの一階。その大きなガラスに〝君も世界チャンピオンに！　若者よ、夢を持て！　練習生募集中〟と白ペンキで大書されていた。（何故もっと早く気が付いて、卓也を辞めさせなかったのか？）断腸の思いに歯噛みし、自分の間抜けな迂闊さに悔いが残る。しかし後の祭りだ。

犯人は木村に間違いないだろう。ただ、ヨッコが目撃しているのは、自分を誘拐しようと襲い掛かったチンピラのテツだけだ。竜次を呼ぶために駐車場のスロープを駆け上がり、後楽園ホールの正面玄関に向かった後に起こった惨劇なのだ。

卓也ならば、鼻っ柱だけ粋がっているチンピラのナイフなんて物ともしないだろう。竜次は信じた、卓也のプロボクサーとしての強さと俊敏さを――。

しかし、駆けつけた時、急発進ですれ違った乗用車の、ハンドルにしがみ付くテツの横、助手席から絡みついてきたあの勝ち誇ったような爬虫類の眼——間違いない、木村だった！

だが、何故木村は、一撃で卓也の心臓を貫かなかったのか？　それが趣味だった筈なのに……。いや、刺せなかったのだろう、竜次が推測するに、多分突き出された木村の一撃を、卓也はジャンプして躱したのだろう、心臓を突き刺す筈の狩猟ナイフは、すぐ脇の肺臓をえぐったのだ。だが何故、木村は留めを刺さなかったのか……？　二度刺すのは自分の沽券にかかわる？　自分の殺人の美学に反する……？

竜次に見せ付けるためだ。竜次が愛する弟分の最期のあがきを見せるために……。自分の犯行を誇示するために生かしておいたのだろう。何という卑劣な、何という冷酷無惨な異常者……。

ヨッコも竜次も、第一通報者として、現場にいた当事者として調書を取られたが、まさか推測だけで木村の犯行だとは言えなかった。

ツイていたのは、この殺人事件の捜査本部が水道橋・後楽園の所轄、牛込警察署に設置されたことだ。当然、捜査の指揮を執る本部長には、竜次の兄、倉嶋警視正、隆康が就任した。幸い、マスコミ・週刊誌は赤城幹事長の二人の秘書、吉田と大垣の惨殺事件とは関連付けていない。単なるボクサーと東誠会のチンピラとの揉め事が原因の殺害事件としている。

捜査本部は直ちに、東誠会のチンピラ、テツこと山口哲夫を全国に指名手配した。多分、真犯人であろう木村に手が出せない歯がゆさが竜次は口惜しかった——。

捜査本部が牛込署に置かれたことで、隆康は情報が取りやすくなった。

第一の吉田俊彦第三秘書殺人事件を扱う碑文谷署、そして大垣秘書の遺体バラバラ事件と二台のダンプカー落下爆発炎上事故を捜査する神奈川県相模原署に、今度のボクサー卓也の事件が関連していると情報を匂わしてやったことで俄然、捜査会議の主導権を握ることになったのだ。

この三つの事件のど真ん中にいつも竜次が絡んでいる。三つの所轄警察署が密に連携を取り合って、それぞれの手に入れた証拠を開示し合うことによって捜査は進展するかに思われたが、一向にその気配は見えない。国交省の役人の投身自殺も家庭内不和による本人の鬱症状が高じての自殺と断じられた。

行き詰った感のある捜査陣の前に、東誠会から人身御供が差し出された。全国指名手配中の山口哲夫が自首してきたのだ。

竜次にすれば、雑魚のチンピラだ。何も知らぬ使いっぱしりだ。ただ単に、ボクサーとチンピラヤクザとの揉め事という程度でお茶を濁し、捜査本部を煙に巻こうとする狙いがミエミエだ。殺し屋木村には到底、辿り着けない。その背後に横たわる巨悪には手が及ばないのだ。

国会の予算委員会での与野党の攻防も押したり引いたり、怒号が飛び交って、クモの糸が絡んだ如く魑魅魍魎、埒が明かないのだ。

前代未聞の大疑獄事件になるかと思われたが、政財官界と建設業界、繋がる反社会的勢力は姿が見えてこない。

しかし、動いた――。

高らかに鳴るワルキューレの呼び出し音。液晶画面には桐山怜子の名――せがまれて、番号を教えておいたのだ。

「あゝ、桐山さん？　どうしました？」

竜次は当然、桐山怜子からだと思っている。

「あんさん、切らないでおくれやっしゃ、今、桐山はんに代わりまっさかい」

初めて聞く声、関西弁だ。（もしや、関西連合大曽根組の者か？）

ベリッと何か引き剥がす音、続いて、桐山女史の喘ぎ声が……。

「ああ倉嶋さん、アタシ今……」

ケータイがひったくられる気配、再び男の声が聞こえた。

甲高い、優しい声音だ。

「もしもし、この桐山はん、ワテがお預かりしてまっさかい。別嬪さんでんなあ、クックックック」

鳩の鳴き声のような含み笑いが、嬉しそうだ。

「どういうつもりだ。誰だ、お前は？　何を企んでる？」

竜次は静かに落ち着いた口調で訊いた。

「あんさん、今からここまで、お一人で出向いてくれはらしまへんやろか？　そやないと、このベッピンさんの命は保証しまへんでぇ」

（楽しんでいる。俺をオチョくっている）

竜次は探りを入れた。

「おい、いいか、そのケータイのGPSから居場所は割り出せるぜ」

「クックックック、そうらしいでんなぁ、あんさんのお兄はんは警察の本部長さんやてなあ。結構だす。やっておくれやす。そん代わり、このオネエはんの心の臓か胃袋か、目ん玉か、オッパイか、オメ×か、お好きなトコをみつくろって切り刻み、クール宅急便でお送りしまひょか？　どないだす」

（奴だッ！）

相模原の山中で大垣秘書の歯を、爪を、生きたまま引き抜き、剥がし、チェーンソーで首と胴体を切り離した殺人鬼——遂に姿を現した！

「何処だ？　何処まで行けばいい？」

胸中に冷たいものを感じながら、竜次は尋ねた。

「そや、そう来なくちゃあきまへん。ええでっか？　横浜港、山下埠頭（ふとう）倉庫街の八番倉庫や。

九時まで待ってまっさかい。早う来てや、さもないと十五分遅れるごとに、この女子はんの歯か爪が一本ずつ無くなりまっせェ～、よろしいか、警察に言うたらあきまへんでぇ。ほな」

切れた。腕時計に目をやる。

只今七時半――あと一時間半か！

（――何故だ？　何故、拘束された？）

赤城幹事長の権勢を持ってＳＰが一名張り付き、桐山女史とは常時行動を共にしていた筈だ。それが、何処で、どうやって拉致されてしまったのか？

「ヨッコ、その引き出しの中にビリヤードの球が入ってる、二個おくれ」

勘のいいヨッコは、この異常な雰囲気をすぐに察したらしく、「竜次さん」と不安そうに身体を寄せて、ビリヤードの球を渡してくる。

トレンチコートを羽織り　左右のポケットに一個ずつ入れて、気楽に明るくヨッコに言った。

「ヨッコ、大丈夫だってェ、俺を信用してるだろ？」

大丈夫ではないのだ、口で言うほど――。

東誠会の木村だったら、得物は大型のハンティング・ナイフだ。竜次には何とか処する自信はある。しかし、今日のコイツは、最後はネチネチした残酷極まるサディスティックな殺しを楽しむ異常性欲者だ。ただ、ターゲットを拘束するまではどんな道具を使って抵抗不可能にするのか分からない。だから飛び道具に、竜次はこのビリヤード球で対抗しようと考えたのだ。

砲丸・円盤・槍投げなど投擲種目で鍛えた技術は必ずや相手を屈服させられると己を信じて、行くのみだ。そのために毎日一〇メートルの距離から三〇センチの的に向かって命中させる練習も怠りなく繰り返しているのだ。直径五七ミリ、重さ二五〇グラムの象牙球だ。

「竜次さん、あたし、車で送って行くわ」

「いいから待っていろ。ついて来られちゃ、ヨッコのことが気になって自由に動けない。分かってくれるな、ヨッコ」

両腕で優しく抱いてやった。振り仰いでヨッコが言う。

「じゃぁ、隆康お兄さんには？　知らせておきましょうよ、ねえ」

「よし、二時間経ったら教えてやってくれ。横浜港、山下埠頭八番倉庫だ。九時までに一人で来いというのが条件だからな。桐山女史が危ないんだ。必ず連絡する。じゃ、行って来るよ」

ドアまでヨッコとラッキーが見送りに来た。

「ラッキー、ヨッコとお留守番だぜ、頼むな」

## 2

二月の冷え込みは、ここ東京でも堪える。コートの衿を立て、身震いした。先に待ち受ける危険を思っての武者震いか？

流しのタクシーに手を上げた。車に乗り込みながら「横浜まで」と告げて、後部座席に落ち着く。

「エッ！」

運転手は長距離が稼げると、ビックリして振り向いた。

「違反をしない程度に急いでくれるか」

「ハイッ、ブッ飛ばします」

ナビゲーターをオンにすると、キキキッと急発進で飛び出した。後ろから警笛がけたたましく鳴った。

「オイオイ、そんなイレ込むなよ、九時までに着きゃいいんだから」

と安心させ、落ち着かせた。

それでもゲートを飛び出した競争馬の如く鼻息は荒い。ドライブテクニックは大したものだった。首都高速道路を使って本牧ふ頭まで約一時間チョッとで到着した。

チップを弾んでやると、嬉しそうに「大将ッ、待ってましょうか？」と威勢がいい。

「いや、いいよ、サンキュー、そこをな……」

と、指差し、山下公園を通り過ぎチョッと本牧方面へ——。

山下埠頭倉庫街、八番倉庫——。両側にレンガ造りの建物が並んでいる。

ひっそりと静まり返り、ポツンと何本かの外灯に照らされて狭い車道が一本延びている。

フォークリフトが二台すれ違えるかどうか——。余計に寒さと冷気を感じる人工的な殺伐たる風景だ。タクシーを捨てた。

（ここだな、八番倉庫は）竜次は〝No.８〟と番号の書かれた倉庫を目指して、アスファルトにコツコツと靴音を響かせて歩き出した。

突然——。

前方に二つのヘッドライトが煌々と輝いた。ゆっくりと竜次目掛けて一台の車が走り出してきた。（距離一〇〇メートル？）後方からもライトが照射され、振り向くとやはり、乗用車が竜次目掛けて走り出してきた。

前門の虎、後門の狼、挟み撃ちだ。竜次の下半身を前後から挟んで押し潰す気か？横に逃げ込む脇道はない。竜次は咄嗟に決断した。

前方の車目指して全速力で走り出した。十種競技の一〇〇メートル、十一秒の記録保持者だった竜次。猛ダッシュだ。両ポケットに入れたビリヤード球が重たそうに揺れている。ライトが大きく迫り、二秒、三秒——、後方の車のライトも迫っている。スピードを緩める気配はない。

前後の車の距離はグングン縮まる。前方の車の運転手のせせら笑う顔が判別できる距離だ。フルスピードで正面衝突したら、自分達の生命もなかろうに……。（そんなバカをやるだろうか？）あわや、挟まれて衝突寸前！ 案の定、前後でキキキィッー、ギギギィッーと耳障りな急ブレーキの音が響き、そしてゴムの焼け焦げる嫌な匂い、続いてタイヤのスリップ摩擦音——。が、もう間に合わない！

衝突寸前、竜次は走り高跳び、走り幅跳びの要領で地を蹴って跳躍した。前方の車を飛び越えたのだ。眼の下二メートルで、二台の車が凄まじい衝撃音で激突、火を噴いた。

着地した。前方へ一回転して身体を丸めて振り返る。紅蓮の熱風が頬と髪の毛を掠めた。凍てついた冬の夜空にゴーッと炎が立ち昇った。

鼻を衝く異臭——。

黒煙と炎を透かして目を凝らせば、ブツかった乗用車同士の運転席では、炎に焼け焦げ、絶叫し身悶えする姿が——エアバッグは潰れ、破裂したゴム袋のようにハンドルにへばりついている。一人はもう座席に背を凭れ掛けて失神し、焼かれるまま。

一台の方の運転手がドアを開けようと恐怖と焦りで無我夢中でドアを押しているが、ひしゃげたドアはビクともしない。炎熱と高温に喉は焼かれて呼吸もできず、水面に浮かび上がった魚のように大きく口を開け閉め、生きたまま焼かれてシートに崩折れてその姿は見えなくなった。

ガソリンタンクが、またバーンと爆発した。竜次は周辺を輝かせる白熱に、思わず顔を覆った。その時、八番倉庫の鉄製の潜り戸がギィーと嫌な音を立てて開いた。中で異常を察したヤクザ者らしい男が一人顔を覗かせた。その手にはマカロフだろう、ロシア製自動拳銃が握られている。その男は輝く炎の光で竜次を発見し、泡食って竜次を狙い拳銃を構えた。

銃身が短いせいで命中率が低いことを竜次は知っていた。ハワイやグアムの実弾射撃場で飽きるほど撃って、体験しているのだ。

竜次は右のポケットからビリヤード球を掴み出し、投げつけた。狙いたがわず、球はその男の額を直撃！　握った拳銃が空に向かって轟音を発した。

竜次は突進し、顎を狙って蹴りを入れた。そいつは竜次の靴先で顎を砕かれ、後頭部を鉄扉にぶつけて気絶した。

焼け焦げる二台の車の炎で、背中が熱い。今にも発火しそうな勢いだ。

鉄扉を用心深く開けて中を覗き、八番倉庫へ足を踏み入れた。

表の阿鼻叫喚の修羅場とは対照的に、シーンとした静けさ――。三十坪ほどの広さ、荷物は積み出された後なのか、空っぽの倉庫が口を開けていた。天井に蛍光灯が六本、青白い光を投げかけている。一本の蛍光灯はチカチカと瞬き、寿命の切れる寸前だ。

（――いたッ）

奥まったコンクリート剥き出しの壁を背に、桐山怜子が長テーブルの上に全裸で寝かされ、両手両足を結束バンドで拘束されている。

こちらに向けて首を捻じったその顔は、口に粘着テープを貼られて、眼は大きく見開かれ、小刻みに身体全体を震わせている。寒さだけではない、恐怖からだろう。

長机の足元にはネクタイ・スーツ姿のＳＰらしき屈強な男の射殺死体が転がり、周辺には彼女の衣類が、下着が、ブラジャーもパンティもナイフで切り裂かれて散らばっていた。他には折り畳み式のパイプ椅子が二、三脚。

桐山怜子の両脇に立つ男が二人。得物は一人は拳銃、一人はナイフだ。

拳銃を持つスキンヘッドの大男は絵に描いたような暴力団員そのもの。ザ・ヤクザの匂いをプンプンさせている。これ見よがしに拳銃の銃口でニヤつきながら自分の頬を撫でている。コルトパイソン・３５７マグナム・リボルバー拳銃だ。

もう一人は、小柄で猫背、サラリーマン風の実直そうに見える風采。冴えない中年男だ。顎がウラナリのようにしゃくれたその男が、唇を歪ませて甲高い関西弁で喋り出した。

「さすがは倉嶋さんだすなぁ。三人の用心棒をあっさりと片付けましたんやなぁ。まぁ、これからおもろいショーが始まりまっさかい、ゆっくりと見物してってェな。クックックックッ
ク」

また鳩の鳴き声で肩を震わせて笑っている。

傍のテーブルの上には手術道具のようにアイスピックとペンチと包丁と釘抜き……チェーンソーが！　おぞましい道具が医学の実験前のようにきれいに並べられている。

ザ・ヤクザが面白そうに提案した。

「鳥飼さん、こいつも縛っときましょうか？　椅子に座らせて、この女とお見合いさせたらどんなもんでしょう？」

この小男に対して完全に下手から卑屈に、ご機嫌を伺うような口調だ。

「クックックックッ、おもろいなぁ、お互いに相手が少しずつ削られていくのを見られるわけやァ！　それイコッ、は〜い、始まり始まりィ〜拍手ゥ！」

鳥飼と呼ばれた殺人鬼は、手に持つペティナイフとペンチを打ち鳴らし、子供のように喜びの声を上げた。

カンカンカンと乾いた金属音が倉庫内にこだまする。

ハシャギながら鳥飼は、優しい口調で言った。

「さあ、桐山はん、待ち人が来ましたでェ」

そして、桐山女史の口に貼った粘着テープを無造作にベリッと引き剥がした。

「さあ〜オネエはん、色っぽい声で唄ってもらおうかい。クックックック」

「く、倉嶋さんッ」

桐山怜子の口の周囲は荒っぽくテープを剥がされたせいで赤く変色し、唇はワナワナと震えている。竜次は桐山女史の眼をしっかりと見詰め、小さく頷いた。

(大丈夫だ! 信じろ!)

怜子の見開かれた瞳がすがるように見詰める。

「ほんなら金井はん、その男を捕まえてもらいまひょかァ」

鳥飼は手術前の外科医のように厳粛に宣言した。

金井と呼ばれたザ・ヤクザは拳銃を構えてニタリと一歩、二歩近付いてきた。飛び道具を持つ者の余裕だろう、鼻先でせせら笑っている。

距離一〇メートル、竜次は一瞬に賭けた。

フェイントをかけ、右側に一歩ダッキングしながら、残った左ポケットのビリヤード球を取り出す。

「ダーン!」轟音。

弾丸が竜次の耳朶を掠める感覚――

右手に持ち替えた球を、渾身の力を込めて投げつけた。

また、銃声が――。

「ダーン」

倉庫内の反響音は凄まじい。弾丸が逸れた。

竜次の球は、拳銃で狙う金井の顔のど真ん中、鼻の付け根に命中した。グシャッと潰れた。

金井は「グエッ！」と叫んで拳銃を放り出し、両手で顔を覆った。血が噴き出している。

竜次は猛然と突っ走り、握り拳を金井の折れた鼻に叩き込んだ。

吹っ飛ぶ金井。もう反撃はできまい。

間髪を入れず、左側に立つ鳥飼に体当たりを食らわした。

チェーンソーを振りかぶっていた鳥飼がブーンとそれを振り下ろしたのと、竜次の体当たりするのが同時だった。トレンチコートの裾がチチチッと切り裂かれる。

吹っ飛んだ鳥飼はテーブルにブチ当たり、おぞましい拷問器具と一緒にそれらをバラ巻きながら転がった。

手から離れたチェーンソーが、コンクリート床の上でブーンと唸りを上げて跳ねながら回転している。床のコンクリート片が砕かれ、ガチガチッと周囲に弾け飛んだ。

鳥飼は手元近くに転がっていたアイスピックを拾い上げ、追い詰められた猫の如く立ち上がった。背を丸めたその顔は恐怖に歪み、首を突き出した猫背は、醜いハイエナを思わせる。

(猫なのかハイエナなのか、どっちなんだ、ハッキリしろ）ってか？

「おい、鳥飼、もう観念しろよ。味方はもう誰もいないんだぞ」

竜次がスゥーと立ち上がる。鳥飼の背丈は竜次の肩までも届かない小男だった。

「やかましいッ、これでおまはんの眼ん玉くり抜いてやるッ、掛かってこんかい！」

負け犬の遠吠えだ。尻尾を股に挟んで、だらしなく後退りする犬そっくり、黄色い歯をむき出して甲高い声で喚いた。

「鳥飼、お前は殺すだけでは飽き足らず、抵抗できない相手をなぶり殺しにせずには済まないんだな。相模原の産廃処分場で大垣秘書をいたぶったのも、自分の趣味を満足させるためだけにあそこまで残虐な拷問ができたんだろ。何故、貴様はあそこまで無惨な仕打ちができるんだ？」

「へん、ヤツがＩＣレコーダーの隠し場所を吐かんかったからや。もっと素直に喋っとったら、ああまではせんかったわい」

「嘘つけ、貴様は大垣秘書が何も知らんことがすぐ分かった筈だ。それでも、面白がって歯を引っこ抜き、生爪をはがし、生きたままチェーンソーで首と胴体を切り離したのだ！　化け物めッ！」

鳥飼はその時を思い出しているのか、嬉しげによだれを垂らしている。

「おもろかったぜェ……もう少しでそこのおネエはんも同じ目に遭わせてやれたのになァ……」

喜びのあまりかロレツが回らなくなっている。

アイスピックを握る手の甲で、よだれを拭った。

その時——。

遠くから聞き慣れたパトカーのサイレンが聞えてきた。

約束通り、二時間経過して、ヨッコが隆康に緊急通報を入れたのだろう。所轄は横浜加賀町署だ。

「鳥飼、悪あがきはやめろよ。無抵抗の人間が相手だったら、お前も強いんだろうが、もう終わりだ」

竜次は無造作に鳥飼に近付いていく。

「死ねェッ！」

追い詰められた鳥飼は金切り声を発してアイスピックを胸の前に両手で構え、捨て身で突進してきた。

竜次は、右に軽くステップして躱し、右の拳を思い切りその尖ったしゃくれ顎にお見舞いした。絵に描いたようなアッパーカットだ。ブッ飛んだ鳥飼は、あっけなく失神した。これが、あの精神異常者、サディストの末路だ。

（もっと苦しめてやればよかったか？　もっと恐怖を味わわせてやればよかったのか？）

竜次も考えないではなかったが、そんな性癖は持ち合わせてはいない。さっぱりしたもんだ。これで良し。

表にキキィッと急ブレーキで何台かのパトカーが停車する気配が――。

竜次は、チェーンソーで裾を切り裂かれたトレンチコートを脱ぎ、素っ裸の桐山怜子に掛け覆ってやった。怜子は（助かったァ）という安堵感からだろう、泣きじゃくっている。無理もない、切り刻まれる寸前だったのだ。

「もう大丈夫だ。終わったよ」

そう言って声を掛け、安心させてやる。

しかし、結束バンドを解いてやるわけにはいかない、警察の現場検証が終了するまでは、何も手を付けられないのだ。

鉄扉が開いて、制服警官と刑事らしき何人かが拳銃を手に突入してきた。

竜次はケータイを取り出し、ヨッコとの直通短縮番号をプッシュする。

「ヨッコ、終わった。安心しろ。無事だよ。これから調書を取られるから、深夜を回るだろうな。先に寝ててくれ……寝れるわけないか？　ハッハッハッハ、おい、泣くなよォ、じゃあな」

ケータイをパタンと折り畳む。長い夜になりそうだ——。

3

どうやら少し見えてきた。鳥飼への厳しい尋問で、かなりのことが判明してきたのだ。

鳥飼は己が拷問する側にいる時は絶対神だが、逆に攻められるとこれほどモロいものかと、捜査本部も呆れるくらいに、ペラペラと簡単に吐いたらしい。隆康からの情報だった。

つまり、吉田秘書が新宿の喫茶店で賄賂を受け取った時に録音したICレコーダーが存在するらしいのだ。吉田秘書はいざという時のために自分に掛けた保険のつもりだったが、逆にそれが命取りになってしまったのだ。その露見したら逃れようのない絶対的な証拠物件の現物を奪おうとして、東西の暴力団が争っているのだ。逆にそれを手に入れて、赤城幹事長を恐喝しようという腹だろうか？　政権が引っくり返るような大ネタだ。

何も発見されなかった第一の吉田秘書殺人事件、これは東誠会の木村の仕業だった。そして筆頭秘書大垣が関西連合大曽根組に拉致され、この鳥飼に歯も爪も剥がされて拷問されたが、そのICレコーダーの存在を知らないのでは、白状しようがない。その結果が鳥飼によるあのバラバラ事件だ。そして今度は第一秘書に昇格した桐山怜子の拉致監禁に繋がってくるのだ。

この一連の殺人事件が連続したその裏には、必ず与党幹事長赤城克二が関係している。一度だけではない、二度、三度の収賄に関わっているのだろうか？　独立行政法人UR都市再生機構への口利き、産廃業者の利権が絡み、建設会社の入札と談合が絡み、レジャーランドの土地買収に繋がり、留まるところを知らず、全ての悪の根源は、次期総理大臣と目されるこの与党幹事長が関わっているのだ。

しかし、あのビル屋上から投身自殺した国交省の課長の死はどう関わってくるのだろう？

——斡旋利得収賄罪（あっせんりとくしゅうわいざい）？　まだ闇の中だ。

しかし、探偵の竜次に何故こんなにも執拗に、東誠会は攻撃を仕掛けてくるのか、命を狙ってくるのか。

（奴等もこの俺がＩＣレコーダーの行方を知っていると思っているのだろうか？　秘密を握っていると信じ込んでいるのか？　そのためにこれだけ執拗な攻撃を……？）

〈倉嶋探偵事務所〉は開店休業状態だった——。

電話帳にも何も広告らしき宣伝はしていないのだが、依頼主は現れる。それはいつも浮気調査やストーカー行為に繋がるような身元調査など、離婚裁判を少しでも有利にしようと相手側に不利な条件を探り出そうとする身勝手な依頼ばかりだ。

竜次は、自分の性に合わない仕事は全て断り、暇を持て余す日々が続いていた。ただ毎晩酒を飲んだくれ、身体が鈍（なま）ってきたのは感じていたので、二十坪の事務所の一角をカーテンで仕切ってトレーニング場とした。学生時代の柔道・空手、そして十種競技日本代表候補だった頃の激しい訓練を自分に課したのだ。

毎日二時間のトレーニングは見る間に余分な脂肪を削ぎ落とし、身体も絞られて再び精悍な体躯を取り戻せた。俊敏な反発力、相手を倒さずにはおかない蹴り・パンチ力に磨きを掛け、来たるべき殺人鬼木村との対決を予想して備えているのだ。

ラッキーにも、警察犬としての攻撃本能を忘れさせないための訓練は日常的に行っている。「お手」「お座り」「お回り」などという愛玩用のペット芸は仕込まない、「待て」「掛かれ」この二言だけだ。竜次の防具を嵌めた腕に噛み付かせる……その牙の鋭さ、顎の強さには舌を巻く。

夜間、マンションの鉄柵で囲まれた屋上で三〇メートルの距離をラッキーと競争して走るのだ。ラッキーの強靭さ、素早さには、竜次も根を上げるほどだった。訓練の後は思い切り可愛がるのだ。ヨッコは抱きつき頬ずりし、猫っ可愛がりだ。

そんな事務所の中での訓練の最中に電話が鳴った。

トレーニングに付き合っているヨッコが、息を弾ませながら受話器を取る。

「ハイ倉嶋探偵事務所です……ああ、桐山さん。チョッとお待ちください」

竜次はタオルで汗を拭いながら電話に出た。

「はい倉嶋です。何かありました？」

「ああ倉嶋さん、ワタクシ、赤城先生のトコロを辞めることにしましたの」

「……そうですか、その方が賢明かも知れませんね。僕は賛成しますよ」

「実家の京都の方へ帰って、アパレル関係のお店でもやろうかと思ってます」

「それがいいでしょう。これまでの仕事は、あなたの住む世界じゃありませんでしたよ」

あの横浜の倉庫以来、桐山怜子はパニックに襲われトラウマとなって、暫く立ち直れなかったのだ。無理もない。

——全裸にひん剥かれ、もし竜次に救助されなかったら、ペンチと釘抜きで歯と爪を引っ剥がされ、アイスピックで目玉をえぐり出され、チェーンソーで首と胴、手足をバラバラに切り刻まれていただろう。精神的におかしくなるのも頷ける絶体絶命の土壇場に身を晒したのだ。竜次は同情を禁じ得なかった。

「桐山さん、もう隠してることはないですね？ 何もかもさらけ出して、さっぱりと全て忘れて出直すことですよ」

「そうします。色々有難うございました」

受話器が沈黙した。

桐山怜子は隠していたのだ——あの横浜の一件の後、二日後だったか、竜次を訪ねてきて、洗いざらいぶちまけたのだ。

曰く、赤城幹事長の名代で産廃業〈三國〉の社長令嬢の結婚式に出席した。披露宴も終わりに近付き、ご祝儀のお返しに引き出物の紙袋が各出席者の座席の横に置かれた。桐山怜子の足元に置かれた紙袋——それが何と札束五千万の賄賂であった。サントリーオールドの箱に一千万円の札束がぴったり収まる。五キロの重さがあるのでケータイで運転手を呼び、車まで持っていかせたそうだ。

そして、なおかつ、自分は赤城克二幹事長の夜伽を仰せつかる情婦であったことも告白したのだ。竜次としては薄々感付いていてはいたが、（やはりそうだったか）の感を深くしただけだった。

これでいいのだ。竜次は何かホッとして、久しぶりにジャズを聴き、飲みたくなった。

「ヨッコ、出掛けていいか？　修ちゃんのトコロ……」

「アタシも一緒じゃ駄目？」

「ウーン、まだ歌舞伎町はヤバイんじゃないか？　俺一人なら何とかなると思うんだが……」

「は～い、待ってま～す。ラッキーがいるもんねえ」

「済まない。なるべく早く帰るよ」

ジーンズとダウンジャケットを着て、タクシーで歌舞伎町へ向かった。

久しぶりにテイクファイブのドアを開ける。

ジャズが溢れ出てきた。ソニー・ロリンズのサックスが腹に響き、流れるようなメロディを奏でている。ＭＪＱの『ジャンゴ』は、哀愁を帯びたマイナー調のスイングがいつ聴いても心が休まる。

「竜次さん、いらっしゃい。しばらくです」

修ちゃんが嬉しそうにカウンターの中を近付いてきた。客はまばらだ。

寒さに強張った顔に、熱く蒸したおしぼりを暫く押し付けていた。気持ちが良い。

すぅ～とワイルドターキーの琥珀色のロックグラスが目の前に出てきた。

ゴクリとひと口。

（生涯の俺の友だ！）

また、ゴクゴクッ。

「卓ちゃん、気の毒だったですねえ」

修ちゃんは悲しげだ。そうなのだ、卓也の死以来、修ちゃんには初めて会う。

「ウン、日にちも経っちまったが、弔い酒と行こうか。今夜は酔いたいんだ、ベロベロにな」

酔えない酒にはなるだろうが、卓也の弔いだ。

「ええ、ボクもご相伴に与りますよ」

と、修ちゃんがカチンとグラスを合わせた。

## 4

——数時間後。午前零時を回った。

倉嶋探偵事務所では、今まさに凶事が勃発しようとしていた——。

セリーズマンション八〇一号室——今、一階上の屋上から一本のロープがするすると吊り下げられ、一人の背の高い痩身の男が、五〇センチごとに瘤を結んだロープに掴まりながら滑り降り、八階のベランダに立った。薄明かりに浮かび上がったその酷薄な横顔は、紛れもなく痛覚のない男、木村だ。

ポケットから取り出したガラス切りヤスリを窓枠の錠の辺りに吸盤のように当てがって、半円形に切り取った。

キーッと微かな音がしただけ――。

寝室では、ベッドに入りパジャマ姿で読書をしながら竜次を待つヨッコ――。

部屋の隅の絨毯（じゅうたん）に寝そべるラッキーがフッと顎を上げ、立てた耳をアンテナのようにドアの方に向けた。

ウーッと喉の奥の微かな唸り声。

ヨッコは読み掛けの翻訳ハードボイルド小説をパタッと閉じた。

「竜次さん？」

と呼び掛けたが、何の物音もしない。

「ラッキー、待て」

と、囁いて、ベッドサイド・スタンドの灯りを消した。

室内を暗闇と静寂が支配する。カチッカチッと置時計の時を刻む音が響くのみ――。

数秒後、スーッとドアが開いた。

外からの薄灯りを背に、ドア枠を超える背の高い男の真っ黒のシルエットが浮かび上がり、懐中電灯の一条の光がヨッコの顔を捉えた。その眩しさに思わず片手を上げてヨッコはライトを遮った。

「旦那は留守かい？」

聞き覚えのある粘りつくような声……木村だ。逆光で表情は見えない。

「今晩は帰らないわ。何の用？」

（声は震えていない、大丈夫だわ）ヨッコは思った。

「じゃ仕方がねえ……ブツは何処だ？ さっさと出せ」

「ブツってなぁ〜に？ 分からないわ」

「ICレコーダーだよ。お嬢さん、白ばっくれるとあの世行きだぜ。まだ命は惜しいだろ？」

上着の裏側からギラッと大型狩猟ナイフを引き抜き、一歩踏み出す木村。鳥飼のように拷問の趣味はないのだ、
ただ一突きで殺すだけ……これで卓也も殺られたのだ。

また一歩、近付く。

「掛かれッ！ ラッキー！」

ヨッコの命令と同時に、暗闇の中に伏せていた黒い物体が音もなく跳躍し、木村のナイフを持つ右腕に噛み付いた。

四〇キロを超える体重が突然暗闇からぶつかり、堪らず木村も壁際のサイドボードに犬も

風詠社の本をお買い求めいただき誠にありがとうございます。
この愛読者カードは小社出版の企画等に役立たせていただきます。

本書についてのご意見、ご感想をお聞かせください。
①内容について

②カバー、タイトル、帯について

弊社、及び弊社刊行物に対するご意見、ご感想をお聞かせください。

最近読んでおもしろかった本やこれから読んでみたい本をお教えください。

| ご購読雑誌（複数可） | ご購読新聞 |
| --- | --- |
| | 新聞 |

ご協力ありがとうございました。

※お客様の個人情報は、小社からの連絡のみに使用します。社外に提供することは一切ありません。

料金受取人払郵便

大阪北局
承認

1635

差出有効期間
2025年1月
31日まで
（切手不要）

郵便はがき

553-8790

018

大阪市福島区海老江5-2-2-710

㈱風詠社

愛読者カード係 行

| ふりがな<br>お名前 | | 大正　昭和<br>平成　令和　　年生　　歳 | |
|---|---|---|---|
| ふりがな<br>ご住所 | □□□-□□□□ | | 性別<br>男・女 |
| お電話<br>番号 | | ご職業 | |
| E-mail | | | |
| 書名 | | | |
| お買上<br>書店 | 都道<br>府県　　　市区<br>郡 | 書店名 | 書店 |
| | | ご購入日 | 年　　月　　日 |

本書をお買い求めになった動機は？
1. 書店店頭で見て　2. インターネット書店で見て
3. 知人にすすめられて　4. ホームページを見て
5. 広告、記事（新聞、雑誌、ポスター等）を見て（新聞、雑誌名　　　）

ろとも衝突し、ラッキーを抱えたまま倒れた。

ラッキーはその頑丈な顎を左右に振って、凄まじい攻撃を加えている。普通ならば、鋭い牙が腕に食い込んで、その痛みに動きは拘束される筈なのだ。

が、この男木村は、平然と左手に持つ懐中電灯でラッキーの急所の耳の辺りを殴りつけている。ラッキーは悲鳴も上げない。

木村も痛がる素振りを見せない——痛覚がないのだ。

無痛なのだ。ラッキーも耳に打撃を受けながらも猛然と反撃している。犬と人間の無言の格闘——。

ヨッコはベッドサイド・テーブルからケータイを取り上げて、一一〇番に通報した。

「アッ、こちら新宿若松町のセリーズマンション八〇一号室、今暴漢に襲われています。大型のナイフを持ってます。ウチの犬が噛み付いて格闘中です。……早く、早くお願いします」

「ギャアーン」

ラッキーがやられた。痛みを感じない男は利き腕を噛まれながらハンティングナイフを左手に持ち替え、ラッキーの首筋に突き刺したのだ。ラッキーはまだ木村の右腕に噛み付いたまま、牙を離さない。外からピーポーピーポーとパトカーのサイレンが聞こえてきた。牛込警察署とは車で一、二分の距離だ。

木村はもう一度、ラッキーの左前足の付け根、心臓を狙って一突き——身を起こすと、ぐったりしたラッキーに足を掛け腕から牙を引き抜き、立ち上がった。

「お嬢さん、ツイてたな。また会うぜ」

言い放つとベッドカバーの上に放られていた、ヨッコの湯上りのバスタオルを血の滴る腕に巻き付け、ベランダではなくドアから平然と姿を消した。痛みを感じない木村でも、出血はするのだ。

ベッドから滑り降りたヨッコは血の付着するのも構わず、ラッキーを抱き締めた。

「ラッキー、ラッキー」

頬ずりして呼ぶが、既に絶命していた。ここ数ヶ月のラッキーとの思い出が込み上げてくる。ラッキーに命を救われたのだ。

「ラッキー有難う」

抱き締めて身体を揺すった。後から後から滂沱(ぼうだ)の涙が溢れる。

警官と管理人が駆け込んできた——。


一方、竜次はテイクファイブのカウンターに頬杖ついて、バーボンのグラスを傾け、ジャズに耳を傾け、陶然としていた。

腕時計に目をやると、ＡＭ一：〇〇、完全な午前様だ。

「修ちゃん、帰るよ、勘定してくれ。楽しかったよ」

「ヨッコちゃんによろしくぅ」

表に出る。寒風が吹きすさんでいる。ダウンジャケットの衿を立てて、タクシーに手を挙げた。

新宿歌舞伎町はまだまだこれから——呼び込みのキャバクラ嬢、ぼったくり店の黒服が猥雑な声を張り上げ、ネギ背負ったカモを呼んでいる。赤、黄、青と色とりどりのイルミネーションが妖しく輝き、不夜城の観を呈している、眠らない街——新宿。

5

竜次は、もう待つのを止めた。

こちらから攻勢に転ずる、攻撃を仕掛けるのだ。いつ襲われるのかとビクビクと待つのは、ご免だ。受身は止めた。

ヨッコを死ぬほど危険な目に遭わせ……、愛犬ラッキーを失った……。

あの日、木村は玄関のセキュリティ・システムを、住民がカードキーを使用して出入りするのに合わせてビル管理業者を装い難なくすり抜け、九階屋上までエレベーターで上がり、ロープで一階下の竜次の住まいのバルコニーに降り立ったのだ。

そんなことが起きているとは知らず、俺は能天気にジャズを聴きながら飲んだくれていたのだ。悔やんでも悔やみきれない。自分の頭をドヤしつけてやりたい気分だった。

一週間ほど前、署長官舎ではなく、中野にある隆康の自宅にヨッコ同伴で訪れ、「母さん、兄貴、この人と結婚する」と、挨拶したばかりだった。母の康子も兄嫁の咲枝も諸手を挙げて賛成してくれた。

「竜次、可愛らしい、良く出来た娘さんじゃない！　お母さん、嬉しいよ」

「竜次さん、良かったわねェ。今度こそ幸せをね！　頼子(よりこ)さん、竜次さんをよろしく」

母も咲枝も、二人とも涙ぐんでいた。

それを横目にテーブルで兄と向き合いグラスを重ねていたが、隆康も上機嫌で感無量のようだった。

（俺は幸せ者だ。母や兄、義姉(あね)にこんなにも心配され、愛されていたのか）と思い知ると同時に、ヨッコを大切に可愛がっていこうと決意を固めたばかりだった。

その矢先に、この凶事が勃発したのだ。

木村は「ブツを出せ」と言っていたそうだ。証拠のＩＣレコーダーは――何処にあるのだ。最初の、喫茶サンフラワーでの吉田秘書との密会からこの事件は始まった。何かヒントになるような話はなかったか？　反芻してみる。ナニが録音されているのか？　東誠会も関西連合大曽根組も血眼になって必死に探している物だ。

隆康の牛込署に設置された捜査本部では、自首してきたテツこと山口哲夫の身柄は拘留して取り調べているが、木村の代理出頭なので、自分で罪を被るよう組から引導を渡されているのだろう。「ボクサーの大杉卓也を殺ったのは、この俺だ」の一点張りで、強情に頑張っている。

遅々として進まぬ捜査に業を煮やした警察庁は、広域捜査本部を桜田門・警視庁内に開設した。碑文谷署、相模原署、牛込署が統一された。

そして、その本部長には警視庁太田副総監が就任し、捜査本部を一本化して統括しようというのだ。政治家の贈収賄案件が絡んで、東京地方検事局も乗り出し、何が何でも解決してやると、警察・検察の威信と面子を懸けての大捜査線を敷く様相を呈してきたのだ。

竜次は竜次で、自分の愛する女性を二度までも、命を奪われそうな危機に追い込んだ、暴力団東誠会と殺人鬼木村に対する怒りがふつふつと湧き起こり、ジッとしていられぬ焦燥感に歯噛みする思いだった。

一度は後楽園ホール地下駐車場で拉致されそうになったあの卓也の試合の日、そして今回の、深夜住居に忍び込まれ、ここまでヨッコを怖がらせ、愛犬ラッキーの命を奪われた。

自然と歌舞伎町や新大久保辺りを徘徊することが多くなった。何か解決の糸口はないか？

何か引っ掛かってこないか？　藁にも縋る思いで、うろつき歩いた。

都会では珍しく季節が冬から春へ変わる息吹が感じられる三月初めのある晩——竜次は東誠会の獲物を求めて歌舞伎町をブラついていた。

バッティングセンター裏通りで、それらしき三人組を見つけ、すれ違いざま故意に肩をぶつけた。

「おいこらッ、ワレ、何さらすんじゃ！　謝らんかい」

（関西弁？　大曽根組か？）

三人のヤクザ者に囲まれた。

「オイ兄ちゃん、知らん顔で素通りか！」

「落とし前つけてもらおうかい」

凄みを利かせた巻き舌だ。

「スイマセン、チョッとよそ見をしておりまして」

竜次はおどおどと弱気を装って、うな垂れた。

「顔貸してもらおうかい」

兄貴分らしき関西弁が竜次の衿を掴み、バッティングセンター脇にある小公園へ引っ張り込もうとする。

子分二人が後ろから背中を荒っぽく小突いて、突き飛ばした。

わざと大袈裟によろけてやった。

「早う歩かんかい！」

居丈高にチンピラはまた、突き飛ばす。

ムカッときて思わず手が出そうになったが、そこは大事の前の小事と抑えた。

「お兄さん方は、東誠会の方ですか？」

と、小心そうにおびえた声音で訊いてみた。

「そや、知っとんのかい？ それやったら話が早いわ」

と、うそぶくヤクザ。

そうと分かったら遠慮することはない、ものも言わずに振り向きざま後ろのチンピラ二人をアッという間に、一人はこめかみへのパンチ、一人は股間への蹴りでケリを付けた。多分その蹴られた奴は、睾丸が潰れめり込んで、当分女を抱くことはできまい。

気の毒とは思わなかった。

瞬きする間に広場に悶絶した二人の子分を見て、その兄貴分は歯をむき出して内懐へ手を突っ込んだ。

竜次は一歩踏み込み、その手首を逆に取り、関節を決めて捻じり上げた。

「イテテテッ」

そいつは情けない声を上げた。懐の匕首は取り上げた。

肘と肩がミシミシと軋んでいる。こいつがもう少し我慢したら骨は折れるだろう。

痛がるのをそのまま引き摺って、公衆便所内で突っ放した。タイルの壁に背を押し付けてへたり込み、肘と手首を揉むヤクザの前にかがみ込んで優しく竜次が訊く。

「お兄さん、聞かせてくれ。身内に木村って殺し屋はいないか？」

「サツの旦那ですかい？　あんたさんは？」

顔をゆがめ、オドオドと聞いてきた。

「質問しているのは俺だ、聞き返すなッ。木村はいるのかいないのか！」

ガツッと頬を殴り飛ばす。

「警察だったら、こんな荒っぽくは訊かないだろう？　ここでは可視義務なんて関係ない、録音も録画もできないからな。どうなんだ、知ってるのか？　言えッ！」

また一発鼻っ柱に食らわす。ドバッと鼻血がほとばしり出た。

竜次には抑えられない積もり積もった怒りが充満していた。

「木村さんなら、ウチの博打場でよく顔を見かけますよ」

袖で鼻血を拭い、もう観念した様子だ。

いつの間にか関西弁は消えていた、そして根性も……。暴力に頼る人間は暴力が我が身に及ぶと、からっきしだらしなくなるものらしい。

「よし、そのカジノは何処にある？　客として入るにはどうしたらいいんだ？」

「一番街通りの茂木ビルの一階、イタリア料理〈シシリア〉の厨房の奥だ。このカードを……」

素直過ぎるくらいにあっさりと、財布の中から番号だけが刻印された金色のプラスティック製カードを差し出した。

竜次は受け取り立ち上がって、胃を狙って靴先を蹴り込んだ。「ゲッ」と吐きそうな声を漏らして海老のように身体を丸めて悶絶した。

凶暴な炎が胸中に燃え上がるのを抑えることができなかった。復讐せずにはいられない。

（こうなりゃ私闘だ。警察などに任せてはおけない……）

公園の隅にある公衆電話ボックスから、受話器をハンカチで包んで一般人を装って一一〇番に通報する。

「バッティングセンター裏の公園の広場とトイレに、なんかヤクザみたいな人が三人倒れてますけど……」

質問される前にカチャッと受話器を置いた。

（しまった、防犯カメラに撮られてしまっただろうか……？）

その足で歌舞伎町への入り口、一番街通りへ歩き、茂木ビルの一階、イタリア料理店シシリアを見張り始めた。

数年前の探偵事務所で仕込まれた尾行・張り込みのテクニックは忘れてはいない。

斜め向かいのビル、二階のレンタルビデオ喫茶の窓際に席を取り、マズいコーヒーを飲みながら、張り込み体勢に入った。

しばらくシシリアの見張りを続けたが、なるほど、一般のレストラン客に混じって、それらしき匂いの人種がキチンとした身なりで出入りしている。東誠会の資金源、闇カジノの現場だ。

（よし、明日にでも出直そう）と、その晩は引き揚げた。


翌朝のニュース番組に、自分の姿が映っていた。

思った通り、防犯カメラに撮られていたのだ。映像は不鮮明でボヤケてはいるが、間違いない。アナウンサーの言葉にギョッとした。

「……公衆トイレに押し込められた東誠会幹部、栗林茂樹の胸には匕首が突き刺され、絶命しており、通報にあったあと二人の姿はなく……」

愕然とした。あの匕首は持ち主の内懐に戻しておいたのだ。竜次の指紋掌紋がベタベタの柄は綺麗に拭っておいたが……通報電話のすぐ後にもパトカーが駆けつけると思ったから……。

（まさか、あの気絶していた手下のチンピラ二人が兄貴分になんらかの遺恨を持っていて、これ幸いと自分らの手で刺殺したのか?）下克上のヤクザの世界ではナニがあるか分からない。

想像するだけだが、今や竜次が犯人として追われる立場に立ったのだ。逃げた二人も防犯カメラに撮られていたが……。

しかしまたもや、この間の相模原と同じく、竜次と割り出されるのは時間の問題だろう。まあ、相手が東誠会の組員だから、対立するヤクザ同士の揉め事と処理されれば……一般人は絡んでいないので大した事件にはならないだろうと高を括った。

ただ思い出すのは大学三年の時に、やはり、ヤクザ者二人を半殺しの目に遭わせ、過剰防衛ということで執行猶予付きの有罪判決を食らっていることだ。

綺麗に抹消したつもりだが、匕首の鞘とかトイレのタイルに指紋が残ってしまっているかも知れない。やはり事情聴取には応ぜねばなるまい。隆康にケータイし、相談した。

「ウーン、よし、私が一緒に付き添ってやる。管轄は新宿署だな。防犯カメラの解析も済んでいるだろう。おい竜次、お前知ってるか?最近の防犯カメラ捜査の進化ぶりを……。SSBCと言ってな、被写体の顔認証、歩容認証の正確さを舐めるなよ。すぐにもお前を割り出し、引っ張られるだろう。その前に、私と一緒に任意出頭だ。お土産に闇カジノの情報を教えてやれ、喜ぶだろう。それと、もう二人のチンピラの人相風体もな。……しかしお前も世話を掛ける奴だ」

この時ばかりは竜次も、兄が警視正、警察署長という立場にいることに心から感謝したのだった。

## 6

竜次は、クローゼットからベルサーチのスーツを引っ張り出した。ミッドナイトブルーの地に細いペンシルストライプが入っていて、竜次が持っている中でも最高級のスーツだ。ネクタイを締めていると、鏡の中にヨッコの背伸びした顔が映った。

「今日は何処へ?」

心配そうだ。

「ウーン、チョッと紳士の集まりがあってね。身だしなみをキレイにしないとな」

「やっぱりアタシは一緒には行けないのね?」

「済まない。お留守番だ。あっ、ヨッコ、手伝ってくれないか? 変装するんだ。昔はよくやったんだよ」

探偵事務所に勤務していた頃、顔見知りのクライアントに見破られぬように、度々変装をして誤魔化したことがあったのだ。

一度、クラブ・サンホセで、東誠会会長稲葉剛造と若頭松浦清次や用心棒とは顔をつき合わせている。賭博場にいないとも限らない。

口髭に薄い茶色のサングラス、ヘアピースも被ってヨッコに馴染ませてもらう。これから舞台に登場する役者になった気分だ。

（さあ、敵の本拠地へ乗り込むぞ）さすがの竜次でも、武者震いを禁じ得なかった。

不夜城――歌舞伎町。イタリア料理店シシリア、これは表看板だ。

竜次はまず、レストランの客として店に入った。こぢんまりした高級イタリアレストランの趣だ。厨房を見渡せる窓際の席に腰掛け、ディナー・スペシャルとハーフのボトル・ワインを注文する。生ハムとサラダの前菜、ムール貝のガーリックオイル焼き、白身魚のカルパッチョ、生ウニのパスタを赤ワインで流し込み、きれいに平らげた。

家族連れもカップルも食事を楽しみ、まさかこの裏に闇カジノがご開帳だなどと誰が見抜けるだろう。

昨日の竜次の情報で、早速新宿署の内偵が入っているようだ。入り口近くに陣取る男二人、奥の厨房付近にカップルが一組、だがやはり、その筋、官憲の匂いは消せないものだ、竜次にはひと目で感じ取れた。隠しカメラでカシャカシャ撮り捲っていることだろう。変装が役に立ったかも知れない。

金を持っていそうな何組かの客が、厨房の裏へ消えていった。

ワインを飲み干した竜次もやおら腰を上げ、厨房の脇の廊下を進む。〝冷凍庫〟の札が掛けられたステンレス製鉄扉の前の椅子に番人らしき奴が一人、だらしなく腰掛けている。

昨夜、歌舞伎町小公園で関西弁のヤクザ者から取り上げたプラスティックカードを見せると、横柄さが陰を潜め、上客をお迎えする丁重さで、そいつが取っ手を押して鉄扉を開けてくれた。足を踏み入れると、冷凍とまではいかないものの冷気が充満している。

目の前に重厚なクルミ材のドアがあり、ノブの横にカード差し入れ口があった。カードを差し込むと、五センチ×二五センチくらいの覗き窓が開き、剣呑(けんのん)そうな眼付きがジロッと覗いた。

竜次は自信たっぷりにグイと顎を引いて、頷いてやった。覗き窓の眼も頷き、ゆっくりと内側へドアが開かれた。

穴倉のトンネルのように黒ビロードの厚いカーテンで仕切られた向こうから、微かなざわめきが聞えてくる。

黒タキシードに身を包んだ支配人らしき男が慇懃(いんぎん)に出迎え、案内される。鼻はひしゃげ、眉・瞼の傷はボクサー崩れ丸出しのブルドック顔だ。

三十坪ほどの室内——床には真珠色の絨毯が敷き詰めてあって、ごてごてした装飾品の類(たぐい)は一切見当たらない。壁は全面銀色に輝くスチール板が貼り付けてあったが、これはいざという時には銃弾を防ぐ役目を果たし、また何処かを押せばその一部がポッカリ開いて、そこからボディガード達を室内に入れることもできるし、抜け道にもなっていて、客が何処かへ逃げることもできる仕掛けになっているのだろう。

　ドアは二箇所あり、扉そのものは上質の木製である。しかし、扉の内側に鋼鉄製のシャッターが降りる仕組みになっていることを、竜次は見逃さなかった。つまり、この賭博場は一種のトーチカのようなもので、ここに閉じ篭っている限り、小火器で押し入ろうとするのも無理である。そして、警察の手入れなどでここが危なくなれば秘密通路で脱出することもできるのに違いないのだ。正面に大理石と煉瓦造りの大きな暖炉があり、そこには赫々と火が焚かれ、汗ばむほど暖かい。

　かなりの人数の客が、それぞれのテーブルの上だけ照らす天井埋め込みのダウンライトの下で、ルーレット、バカラ、ブラックジャック、ポーカーなど思い思いに集い、チップを賭け熱くなっている。

（いたッ）

　一段高くなったフロアの一角のテーブルに、東誠会会長稲葉剛造、若頭松浦清次、殺し屋木村と、もう一人幹部らしきヤツが顔を揃え、ポーカーか何かカードゲームに興じている。

　こちらには全く気付いてはいない。右手に銀行の窓口のような格子をはめ込んだカウンターがあったので、竜次はとりあえず十万円の現金をチップに換えた。赤と黒と白の三色のチップを受け取り、ルーレットのテーブルに近付き、その輪の中に入る。

　適当に、偶数・奇数、赤と黒などに小額のチップを賭けながら、辺りを窺った。なるほど、顔見知りの芸能人やスポーツ選手が混ざっている。『闇カジノに出入りする×××』と週刊誌にスッパ抜かれるわけだ。懲りない連中！

今宵の竜次のテーマは『虎穴に入らずんば虎児を得ず』だ。木村の住まいか、東誠会のボス、幹部の動静を知ることができないだろうかと乗り込んできたのだ。何事も危険を冒さなければ、目的を達し、大きな成果を得ることはできない。卓也とラッキーの仇を討ち、ヨッコに害が及ばないようにするのだ。ただ恐れおののいて身を竦めているのではなく、こちらから攻撃を仕掛けるのだ。

しかし、ここで我が身をさらし気付かれては、一般の客を巻き込んでえらい騒ぎになるだろう……それは避けねばならない。だから変装をしてきたのだ。

奴等に気付かれぬよう適当に遊び、奴等が動いたらそれを尾行するか……。

（行き当たりバッタリ、臨機応変でいこう）

一時間ばかり、勝ったり負けたり、様子を窺っていた。店内には、喜びの歓声や、落胆の呻き声が聞え、熱気が充満している。皆、博打に熱く燃えているのだろう、鉄火場と言われる所以だ。

突然、横から声を掛けられた。

「あんた、何処かでお目に掛かりましたね？」

若頭の松浦だ。

「ハァ?」

と、とぼけた。

大久保病院の駐車場で殴り飛ばし、サイレンサー付き拳銃で撃たれた相手だ。同じ薄いサングラスと口髭——こっちは変装だ。

松浦はサングラスを外し、眼を細めて薄ら笑いを浮かべている。

(バレたッ)

いきなり竜次は、正拳を松浦の鳩尾(みぞおち)に叩き込んだ。

松浦は「ウッ」と腹を抱えて、膝から崩れ落ちた。

ドア目掛けて突っ走る。

女性客から悲鳴が上がり、男達の怒声が交錯した。

左横から黒服の用心棒に飛びつかれ太い腕が首に絡み付いてきたが、竜次はそいつの腕を掴み、腰に載せると一本背負いで投げ飛ばした。

頭上を越えてドアに叩き付けた。そいつが竜次のスーツの袖を掴んで放さなかったので、ベリッと袖と肩口が破れた。

(クソッ、一張羅のベルサーチを!)

入り口で待ち構える支配人のボクサー崩れがサウスポーでジャブ、フックと必殺のパンチを繰り出してくる。

姿勢を低くダッキングして潜り抜け、体当たりを食らわせた。そいつは後ろ向きにブッ飛び、ドアに脊髄と頚椎をブッツけてたのだろうか、ノビた。

急所だ。そいつをドアの前から蹴り退け、竜次はノブを引いて表へ飛び出した。

冷凍庫の鉄扉が開かない。(何か合図があるのか?)

ドンドンドンと、叩き続けた。

訝しげに冷凍庫のドアが開いてさっきの番人のヤクザが顔を覗かせたのと、後ろのクルミ材のドアが開くのが同時だった。

木村が大型ナイフを閃かせて突きかかってきた。危うく体を躱し、その腕を掴んで冷凍庫のドアで挟んでバンと閉めてやった。

バキッと骨の折れる音——これで二度目だ。

しかしこいつは、木村には痛覚がないのだ。平然としている。しかし、痛みはなくとも骨は折れるのだ。さすがにナイフは取り落とした。厨房脇の番人のヤクザを蹴り飛ばし、シシリアの店内をつむじ風のように駆け抜けた。

張り込み中の刑事達が、どう反応したのか、振り返る暇はなかった。踏み込んでも多分、首謀者達は、あのスチール製の秘密扉から姿を消しただろう。即座にガサ入れで突入したろうが、雲を霞だ——。

表は歌舞伎町一番街通り、慣れ親しんだいつもの雰囲気——靖国通りに出ると〈アルタ〉

の前から客待ちのタクシーに飛び込み、若松町の我が家まで退散だ……。

だが、一杯ヤリたくなった。

明治通りを左折して、角筈（つのはず）から区役所通りにUターンして回ってもらい、風林会館を左折、〈テイクファイブ〉の前に横付けしてもらった。

店のドアを開けると、サラ・ヴォーンのかすれた黒人霊歌のジャズボーカルが聞こえ、熱くなった身体と気分を癒してくれる。心地良かった。

修ちゃんがビックリまなこで近付いてきた。

「どうしたんですか？　竜次さん！」

「そんなにすぐ、俺って分かっちゃう？」

「そりゃいくら化けたって、ボクにはすぐ分かりますよォ」

「そうかァ、効果なしか。あ～あ、ヤケ酒ッ！」

付け髭とサングラス、ヘアピースをむしり取り、苦笑いだ。

スーツの袖は左手指先まで垂れ下がって、折角のベルサーチのおシャレ姿もザマ～ない。

ジャズをBGMに、問わず語りに今日のいきさつを修ちゃんに聞かせてやった。一時間ほどダベっていたか……。

「ヤバイですよ、竜次さん。ヨッコちゃんに心配ばっかり掛けてェ」

「そうなんだよ。気を付けま～ちゅ」

赤ちゃん言葉でゴマカして、腰を上げた。良い加減の酔い心地だ。

一路、我が家へ——。

タクシーの中からケータイでヨッコへ……また、泣かれた。

「竜次さんと一緒にいると命が縮むわ。アタシを早死にさせたいの？」

けれど、俺のこの気性はどうにも治らない。

懲りない性格なのだ。

# 第四章　ゴールデン街のべべ

## 1

情勢が突発的に変化した。

飛び下り自殺した国交省建設管理課長、大柳泰三の奥さんという人が、捜査本部に弁護士とともに出頭してきた。遺品整理をしていて「こんなものが出てきて……」と、貸し金庫の鍵らしきものを持参したのだ。

捜査本部は照合の結果、みずほ三葉銀行霞ヶ関支店の貸金庫のキーであることを割り出した。捜査陣は、東京地検特捜部とともにすぐさま銀行支店長の立会いの下、それぞれのキーを合わせてそのロッカーを開けた。

貸金庫は高さ一三センチ、幅四〇センチ、奥行き六〇センチほどのもので、開けてビックリ、帯封付きのピン札の束五千万円と、輪ゴムで丸めた茶封筒の中に素っ気なく入れられたＩＣレコーダーが発見されたのだ。

色めき立った捜査陣は、即座に国交省土木建設課と大柳泰三課長の荻窪の自宅に、検事局を交えての強制家宅捜査を執行したが、何も出てこなかったらしい。意気込んだものの空振りという結果だったのだ。

しかし倉嶋隆康警視正の情報によれば、捜査本部内の幹部連中が聴いたそのICレコーダーの内容たるや、前代未聞、恐るべき密事・談合であったそうだ。

一つは与党大幹事長への二度目の五千万の政治献金――。

もう一つ、新しく判明した恐るべき事実――末端価格七十億円を超す覚醒剤一〇〇キロの東シナ海々上での取引の密談だった――。

それは香港マフィア〈龍頭(ドラゴンヘッド)〉と中国の秘密結社〈青幇(チンパン)〉が絡んだ一大麻薬組織と日本の組織暴力団が組んでの覚醒剤密輸の企みであったらしい。


青幇――一九五〇年代まで、中国全土を支配した秘密結社だ。杜月笙(とげつしょう)というボスを頂点に、革命前には国民党の司令官蔣介石(しょうかいせき)と共同戦線を組み、上海クーデターに協力して多数の共産党員を処罰した。

南京国民政府成立後には暗黒社会に根を張り、アヘン・売春などあらゆる儲け口に手を広げて上海を中心に牛耳った。

現在もその残党が生き残り、政府内・財界人の中に隠然たる勢力を持ち華僑(かきょう)の中にも残存

していると か——。

この青幇の手の及ばないところはない。中国全人代政府の要人の殆どが、この組織に関わっているという噂だ。

賄賂と汚職にまみれた役人達が金の匂いがするところへ、蜜に群がる蟻のように同類が集まってくるのだ。彼等の手口は毒を振り撒くのだ。本物の毒ではない、ハニートラップ——。

以前、何処かの宰相、総理大臣H・Rがこの罠に嵌り、政権を投げ出すことになってしまったのはあまりにも有名だ。閨房での姿態を隠し撮り・隠しマイクで録画録音し弱みを握りがんじがらめにして、恐喝脅迫で思い通りに操る。蜜の罠だ。

中国訪問の外国人が宿泊するホテルの全ての部屋には、隠しカメラ、マイクが仕込まれ、それは、政府要人のみならず、一般の商社マンも餌食にされるのだ。

ある時いきなり見知らぬ人物から声を掛けられ、己のあられもない姿が写る一葉の写真を見せられ、「あと何十枚もありますよ。動画も声も姿もお好みのままに揃ってますよ。頑張りましたねェ」と恐喝され、意のままに操られ、会社の秘密情報を流し、産業スパイに仕立て上げられるのだ。合併吸収されてしまった企業も多いそうだ。ハニートラップ恐るべし——。

ただ、予防方法が一つ、ホテルの部屋へ入ってまず浴室に入り熱湯を流しっ放しで数分、鏡の真ん中二〇センチ四方くらいが全く曇らず澄んだままだったら、必ずその裏にはカメラが仕込んである筈だ。その他、寝室の天井にも、サイドランプの中にも、掛け時計の中にも

――中国政府挙げてのこの甘い罠に引っ掛かってはならない、油断してはならないのだ。

一方、香港マフィアは――、ギャンブル・ゆすり・高利貸し・ポン引き・金品の偽造・ヘロインの売買・武器の密輸・売春・誘拐・殺人とありとあらゆる悪事に手を染める世界的組織なのだ。

総人口十四億人の中国人は世界中の大都市にチャイナタウンを形成し、華僑の繋がりの強さは何処の人種も真似ができまい。彼等の第一義は家族・親類・血の結束、部族なのだ。世界中どの都市にも中華街が根を張っている。

世界最大のチャイナタウンは横浜元町にある。その他、神戸・ロス・シスコ・ニューヨーク等、至る都市にだ。恐るべし中国パワー！


そのICレコーダーを聞く捜査本部幹部達を唖然とさせた出来事は――。
四、五人の声が入り乱れて録音されていたそうだ。賄賂五千万円のやり取りの後、覚醒剤取引の密談が――。
肝心要（かなめ）の受け渡しの日にち・時間・場所の打ち合わせの直前に「あっヤバイッ」の声とともに、プツッとレコーダーは沈黙してしまったのだ。

何があったのか分からぬ。「これはお土産です。お持ち帰りください」の声と吉田秘書への五千万円の紙袋のガサガサと触れ合う音の直後……。まだ停止はしていない。微かな残音が手掛かりになるかどうか？　金を受け取り、暴力団東誠会・関西連合大曽根組との、なお踏み込んだ覚醒剤取引の核心に触れようとした寸前で、何やら（ヤバイ？）邪魔が入ったのだろう。捜査陣には落胆と徒労のムードが支配し、突破口が閉ざされてしまった感が深かった。

やはり神奈川県相模原を舞台に、高層マンション、老人福祉施設、児童保育園や公園など一大コミュニティ建設、レジャーランド開設などの利権が絡んだ贈収賄事件が勃発し、その口利きで地元神奈川十四区選出の赤城克二幹事長が登場してきたのだ。

しかし今回は二度目の賄賂らしいが、最初のヤツは何処に消えたのか？　桐山怜子の情報では、産廃〈三國〉の社長令嬢の結婚披露宴に赤城幹事長の名代で出席した折、帰り際の引き出物の入った紙袋にも、サントリーオールドの箱五箱に五千万円の現ナマがずっしりと詰め込まれていたとか――。誰が何処に隠し持っているのか？　謎は深まるばかりだ。

発端は、赤城幹事長の第三秘書吉田俊彦の刺殺事件から始まった。

捜査の結果、この吉田秘書と国交省の大柳課長とは、高校の同級生であったことが判明した。吉田俊彦は自分が立ち会った金の受け渡し現場で、自己保身のためにも確固たる証拠を残さんと画策し、見事にＩＣレコーダーに密談を録音したが、隠し場所に困り、五千万円の汚れた金とともに高校時代の親友、大柳泰三を頼ったのだろう。大柳も引き受けたもののその扱いに困惑し、銀行の貸金庫に隠したわけだ。東誠会と関西連合大曽根組が血眼で捜していた吉田秘書のICレコーダーは、これだったのだ。

吉田秘書は竜次と歌舞伎町のサンフラワーで会った後、殺し屋木村に拉致され、レコーダーの在り処を白状しろと迫られたが、雇い主赤城幹事長への忠誠心と義理で突っ張ったため、有無を言わさず心臓を一突きされ目黒川に投げ込まれてしまった。

しかし何故、国交省の役人の大柳が投身自殺に追い込まれなければならなかったのか。東誠会の知るところとなり、家族をも巻き込む危険に晒されていたのか。脅迫、誘拐、拉致監禁……？　脅され、親友吉田の刺殺事件を知るに及んで、上司に波及しそうな公務員の責任感、「娘を誘拐するぞ」との脅迫から、鬱症状が高じて自殺という最終手段にまで追い込まれてしまったのか？

もう一つ――。

第一秘書大垣の惨殺死体がどう関わってくるのか――？

彼は何も知らなかったのだろう。可哀そうに大曽根組のサディスト鳥飼の手に掛かり、この世と思えぬ残酷な拷問を加えられ、生きたまま歯と爪を剥がされ、首と胴体をバラバラに切り刻まれてしまった――。

竜次は自分が許せなかった。弟のように可愛がっていた、巻き添えを食ってヨッコの身代わりで死んだ板前ボクサー卓也、愛犬ラッキーの死を思う時、何としても解明し、（やっつけずにはおかない）との衝動に駆られ、仇を討ちたい、私怨を晴らしたいと燃えたぎる怒りが抑えられないのだ。

汚職収賄事件を解決しようとか、そんな大上段に振りかぶった正義感なんていうのはおこがましい。ただ、酔いどれ探偵の矜持（きょうじ）が許さないのだ。もう後には引けない、男として誇りを賭けての闘争なのだ。

幸いと言っていいかどうか、もう誰も依頼者はいない。……吉田秘書も、行方不明者として捜索依頼のあった大垣秘書も殺害されてしまった。ただ、最後の赤城克二幹事長の代理で桐山怜子から依頼された事案が残っていると言えば言えるが……。

しかしもう依頼案件を、事務的に義務的に報酬目当てに動くのではない、自分自身の心情で動くのだ。ゼニ金は関係ない。竜次の決意は固まっていた。影響され抑制される障害は何もない。やっつけずにはおかない、私闘なのだ！

久しぶりに京都に帰った桐山怜子から、連絡があった。ブティックの開店案内のお知らせだった。

「お〜い、ヨッコ、京都旅行なんてのはどうだ？　チョッと羽根を伸ばしてみるか？」

「ええっ、ホント？」

「二人で旅行なんて初めてだろう……それに桐山女史にもお目に掛かって表敬訪問といこうぜ。何たって、ヨッコのライバルだものなぁ」

「と〜んでもございません。ライバルなんて思ったこともないですよ〜ォだ」

「そうかそうか、まぁ、またあの懐かしいゲランの香りも嗅ぎたいしなぁ」

「イヤらしいッ！　でも、連れてってェ、二月の京都ォ」

「よし、明日の新幹線予約してくれ」

――宿は河原町御池のオークラ京都ホテルを予約した。ヨッコは新幹線車中から、ウキウキとはしゃいで嬉しそうだった。

考えてみればヨッコも自分の周りの愛する者が命を奪われ、我が身も命の危険に晒されて殺伐とした何ヶ月かを過ごしたのだ。文字通り、命の洗濯の思いだろう……。

新幹線〈のぞみ〉が滋賀大津を過ぎて東山トンネルを抜けると、すぐ左側に日本最古の木造建築東寺(とうじ)の五重塔、右側にローソクのような京都タワーが見えて間もなく、新幹線は京都駅一八番ホームに滑り込んだ。

ホームに降り立った時、春の息吹が感じられる一陣の風が頬を撫でて過ぎた。

（あゝ休みを取って来て良かったなぁ）と竜次はヨッコと顔見合わせて微笑(ほほえ)んだ。ヨッコは腕を絡めて小躍りするような歩き方だ。どっちかというと、竜次は女性と腕を組んだり手を握って歩くことは苦手なのだが、ヨッコの気を慮(おもんばか)ってそっとしておいた。

到着後、まずは桐山女史にお祝いをと、四条河原町のサチコ・ビルの一階にオープンした〈ブティックＲｅ・ｉｋｏ〉に顔を出した。

豪勢な造作だった。大理石の床と壁――開店祝いの胡蝶蘭の花が所狭しと並び、その送り主の名はどれも、誰もが知っている政治家・実業家のオンパレード。秘書を辞職したとはいえ、ここにも与党大幹事長殿の権勢の凄さを感ぜずにはいられない。

店内にはゲランの香水の香りが充満している。

オートドアが開き店に足を踏み入れると、奥から招待客の波を掻き分けて桐山女史が駆け寄ってきた。

「まあ、倉嶋さん、それに頼子さん。わざわざ京都までお越しくれはって、おおきに有難うございます」

あのクールな桐山怜子ではない、もう生まれ故郷の京都弁に戻っている。政争に明け暮れる魑魅魍魎（ちみもうりょう）の世界から解き放たれた自由さが、その表情に、雰囲気に溢れ出ていた。

あの見慣れた黒尽くめではなく、今日は真っ白のスーツを見事に着こなし、ファッションモデルがステージに登場してきたような華やかさだ。さすがのヨッコも気後（きおく）れしたような雰囲気だった。

大忙しの開店日だ、とりあえずは商売繁盛を祝って、お祝い金を包み、早々に辞した。

四条花見小路を下（さが）ル西側にある〈ステーキよしだ〉に顔を出す。何年ぶりだろう。ママもシェフも大喜びで迎えてくれた。

お勧めの特上ロース三〇〇グラムずつ、近江牛の霜降り肉をヨッコと二人、舌鼓を打って平らげた。シェフお勧めの食し方は、塩コショウのレア焼きにホースラディッシュの洋ガラシか粒マスタードを擦り付け、ポン酢などは付けずにそのままガブリと……肉の旨味がモロに口中に広がって、得も言われぬ至福感を味わえるのだ。

酒はやはり、こだわりのワイルドターキーのオンザロックをしたたかに飲んだくれて、その後は先斗町のジャズバー〈ギルビー〉へ――。馬蹄形のカウンターの中に陣取ったキーボード、ベース、ギター、ドラムの四人の奏者が生演奏を聴かせてくれる小粋なショットバーだ。客は取り囲んだカウンターに頬杖ついて、リズムに合わせて調子を取り、グラスを傾けるという雰囲気……。

元々京都という街は、古都には珍しく進取の気性に富み、流行に敏感なところがあるのだ。〈マハラジャ〉を代表とするディスコ・クラブ、〈ケントス〉らオールディーズを聴かせる生バンド、そしてノーパン喫茶も、京都が発祥の地だ。祇園の舞妓・芸妓が花見小路をしゃなりしゃなりと歩く、新旧混ざり合った奇妙な魅力のある土地柄なのだ。

竜次は学生時代から、この街が好きだった。ヨッコと二人、たった二日間だが、新婚旅行のような雰囲気で、何もかも忘れてこの小旅行を楽しもうと竜次は思っていた。

ところが――。

翌朝、ホテルのルームサービスで遅い朝食を摂りながら、ふとテレビの昼のニュースに目をやると、桐山怜子女史の顔写真が目に飛び込んできた。

「……今朝七時頃、京都市左京区植物園近くの鴨川べりを犬の散歩中の夫婦が、川の中流の堰に止まって漂っている水死体らしきものを発見し、警察に届け出ました。身元は持っていた名刺から、昨日四条河原町に開店したばかりのブティックReikoのオーナー、桐山怜子さん三十九歳と見られ、心臓を鋭利な刃物のようなもので一突きされ、これが致命傷となったとみられます。なお、桐山怜子さんは、元……」

「竜次さんッ！」

ヨッコは言葉を失って蒼白となり、テレビを凝視したままボォーと立ち上がった。竜次も、奥歯を噛み締めて画面を睨み付けていた。脳裏には、京都北山鴨川上流、浅瀬の堰の杭に長い黒髪が絡み付いて漂い、たゆたう桐山玲子の仰向けの死体のイメージが鮮やかに浮かんでくるのだ。

煙草の煙を思い切り深く吸い込み、フゥ～と吐き出した。

（魔手はここ、京都にまで及ぶのか？）

何故だ？　何故、桐山怜子まで――？　既に血眼で追い掛け回していたICレコーダーは警察に発見され、東誠会が桐山女史を追ってこの京都まで魔手を伸ばす理由はない筈だ。それともまだ竜次には分からぬところで、桐山怜子が殺されねばならぬ理由が存在するのか？

ということは、竜次にも危険な罠が張られているということだ。暴力団の真意が分からぬ。この京都への楽しい気晴らしの小旅行さえにも、魔手は追いかけてくるのだ。

竜次は緩んだ気を引き締めた……。

2

帰京するや、鷹の眼をして歌舞伎町を徘徊する竜次の姿がたびたび見られるようになった。我が身をターゲットに晒して東誠会に狙わせようとする魂胆なのだ。危ない賭けだ。隆康にも、『単独で無茶な動きはするなよ』と手綱を引き締められている。

新宿区西新宿にある、城の石垣を積んだような、要塞の威容を誇る暴力団東誠会本部を、電柱の陰から眺めて何度歯噛みしたことか……！

この堅固な壁の向こうに会長の稲葉剛造や若頭の松浦清次や殺し屋木村が、のうのうと手下に守られて暮らしているのだ。

内部にまで官憲の手は及ばない。警察権力を巧みに手なずけ、暴対法の抜け穴をかい潜って生き延びている。

民政党赤城幹事長の第一、第二、第三秘書全員が無惨に刺し殺され、バラバラ死体にされ——何人の人間を殺せば気が済むのか。人の生命など屁とも思わぬ組織暴力団——。

竜次は我が身を張って、底知れぬ巨悪に挑もうとしている——。言わば、宣戦布告だ！

突然、声を掛けられた。

「おニイさん、ヤクは要りませんか？」

桜通りのゲームセンターに入り、つまらぬオモチャで時間つぶしをしていた時だ。見ると、明らかにシャブ中毒と分かる顔色の悪い中年男が傍に引っ付いて小声でねめ上げていた。額と首筋には玉の汗——ロレツがおかしい。

「何で俺に声を掛けた？　同類に見えたか？」

「まさか、サツの旦那じゃねえでしょ？　それとも組事務所の……」

「だったらエライことだぜ。不用心過ぎる……そんなに金が欲しいのか」

「ええ……スンマセン、幾らでも……」

つまらぬ、取るに足らぬ売人(ばいにん)だ。しかし何処かでツテが繋がるとも限らない。竜次は乗ってやることにした。

「一(ワン)パケ（〇・二グラム～〇・二五グラム）、幾らだ？」

「ええ……こんなもんで」

人差し指を一本伸ばした。一万円ということだろう。竜次には高いのか安いのか相場は分からなかったが、自信たっぷりに鎌を掛けてやった。

「もっと大量に欲しいんだがな」

そいつは疑り深そうに横目で睨んでいたが、やがて「分かりました。おニイさんのケータイの番号を教えてください」と囁いた。

こんなこともあろうかと、竜次はもう一台契約して持っていた。そいつに番号を教えてやる。

「二、三十分で折り返しケータイします。こっちは『白猫』と名乗りますから、おニイさんは『黒猫』と答えてください。じゃ」

と、その中年男はせかせかとゲーセンを出て行った。

三十分後——「プルルル」とケータイの呼び出し音。ワルキューレとは違うノーマルなヤツだ。

「こっちは『白猫』でっけど、あんさんは?」

(関西弁だッ、関西連合大曽根組か?)

「ええ、黒猫です」

何の淀みもなく、合言葉がスッと出た。

「一〇グラム、一本でどうだす? 上物でっせ」

「はぁ結構です。時間と場所は?」

「よっしゃ。区役所通りの突き当たりの職安通りに〈中華太郎〉っちゅうラーメン屋がおますわ。そこで三十分後に。ビール飲んで週刊誌読みながら待っててておくれやす。分かった?」

「はい、分かりました」

コンビニに飛び込み、『週刊文春』を買い、ATMバンクでキャッシュを下ろし、中華太郎へ急いだ。

年季の入った古臭い店だ。十五、六人座れるカウンターにテーブル席が五つ。カウンターには六人ほどの客が、ラーメンを啜り、チャーハンと餃子(ぎょうざ)にかぶりつき、ボックス席に一組の客。

竜次は店の一番奥、ビールの空き瓶を詰めたケースなどが積み上げられたトイレの前の、入り口を見張れるボックス席に陣取り、生ビールを注文する。店内をさり気なく見回し、週刊誌に目を落とした。誰かに見張られている気配がヒリヒリと肌を刺す。まぁ、そんなもんだろう。(もうまな板の上の鯉だ、どうにでも料理してくれ)と腹を括(くく)っていた。

待ち合わせ時間はとうに過ぎている。ビールをお代わりし、チョッとジリジリして腕時計を覗き、周りを見渡した。

(いたッ。やっぱりヤツだ)

入ってきた時に入り口近くのカウンターでビールを飲みながら餃子にかぶりついていた、赤茶のチェック柄のジャケットを着た胡散臭(うさんくさ)い感じの男……思った通りだった。眼が合うとノッソリと立ち上がり、紙ナフキンで口を拭いながら近付いてくる。

「黒猫さんでっか?」

そう言って、向かいに腰を下ろした。

脂ぎった口を拭った紙ナフキンは丸めてポイと床に捨てた。竜次は「はぁ」と頷いた。

若く見えるが、ヘアスプレーでピタッとオールバッグで固めている額が禿げ上がっている。

多分、四十前後だろう。頑丈そうな身体だ。

爪楊枝を咥えた餃子臭い口を寄せ、声を潜めて囁いた。

「待たせて済まんかったなぁ。チョッとあっこから観察させてもらってましたんや。サツやなさそうやし……初めてやなぁ、あんさんとは」

「ええ、今後ともよろしくお願いします」

白猫は無駄口は叩かず、単刀直入に言った。

「さ、これがブツや。上物でっせェ」

男は手に持つセカンドバッグから白い粉の入った透明のビニール袋を取り出し、週刊誌の間に差し込んだ。竜次も金の束を掌で隠してテーブルの上を滑らせた。

先日、クラブ・サンホセで東誠会若頭松浦が竜次のポケットに捻じ込んだ札束を、また元の財布に返しただけのことだ。

男はそれをサッとテーブルの下に隠し、自分の両足の間で数え確認している。

竜次も、さも慣れているが如く、白い粉を小指の先に付けて舌で味わう、ピリッとした感覚、初めての味だ。酸っぱい。

　ペッと吐き出し、慣れきった調子でおもむろに頷いてやった。

「な？　上物でっしゃろ？　間違いがなければ今後もお付き合いさせてもらいまっさかい。ほな、黒猫はん」

　竜次は、立ち上がろうとする男の上着の裾を引っ張った。

「あなたは、関西の大曽根組の方ですか？　それとも東誠会？」

「何や！　何言うとんねん、知らんでェそんなもん。お互い、なんも知らん方がええねん！」

　途端に凄みのある声で本性を現した。

「あっ、すみません。また、ご連絡します。白猫さん」

　と弱気を装う。

　フンと鼻を鳴らして千円札をカウンターに放り投げ、「ごっつあん」と爪楊枝を咥えて肩怒らせながら出ていった。竜次も後を追うようにチェックしてすぐ店を出たが、もう姿は見えなかった。

　歌舞伎町のテイクファイブに向かった。

　ジャズ音楽の奔流の中に身を置き、修ちゃん相手にワイルドターキーのロックを腹に放り込めば、気分はスウッーと落ち着く。

修ちゃんも竜次が顎の傷を撫でている時は、考え事をしてるなと察して、そぉ〜と放っておいてくれる。こっちの気分をすぐ分かってくれるのだ。

さっきの白猫と東誠会は繋がっているのだろうか？　それとも関西？

（麻薬取締官でもないのにこの俺が、こんな覚醒剤取引の分野にまで手を広げてもいいものだろうか？）

悩ましいところだ。

赤城幹事長の五千万、いや一億の贈収賄事件にどう繋がってくるのだろうか？　ＩＣレコーダーの切られてしまった後の会話はどんな話し合いがあったのだろう……？　考え始めると糸は絡み合って先が見えない。

今夜の覚醒剤の取引も、隆康には内緒にしておくことはできまい。

明朝にでも牛込署に届けよう。そして、現在までの捜査本部が掴んだ確証をでき得る限り手に入れるのだ。

（今夜は酔っぱらおう、何もかもスッカラカンに忘れてしまおう）

アルコールに飲まれ、酒とお友達になるのだ。呑んだくれの真骨頂だ。

（明日は明日の風が吹くさ）いい思案も浮かぶだろう。ピアノとベースとのジャムセッションに身体が揺れ、酔った頭が揺れた――。

（俺は今、合法・違法――法律に触れるスレスレのところで動いている。刑務所の塀の上を綱渡りで歩いているようなものだ。どっち側に落ちるか？　落ちる側を間違えるとこの俺の両手に手錠が掛かる……それを覚悟でヤルっきゃないか！）

3

朝一番で牛込警察署長室へ――。

婦人警官の淹れてくれたホットコーヒーを飲みながら、隆康と向き合う。テーブルの上にはビニール袋の白い粉。

「竜次、お前も危ない橋を渡ってるなぁ。もしもそいつに内定で捜査員が張り付いてたらどうするんだ。覚醒剤売買で現行犯逮捕だぞ。厚労省の麻取（麻薬取締官）でもないんだから、囮捜査だなんて逃げ口上も効かんしなぁ」

「僕はヤクについては全く知らないんだから、大丈夫ですよ。小便だろうと、髪の毛だろうと、どんな検査されたって何も出てきやしませんよ。ヤったことがないんだから……甘いのかショッパイのか味も知りません」

「甘いなお前も……まぁ、もう止めとけ。それ以上、首を突っ込むな。いいか覚醒剤ってやつはなぁ、一度やったら止められない。それこそ『覚醒剤止めますか、人間やめますか』だ。麻取が有名な芸能人やスポーツ選手を逮捕するのは、それだけ一般社会に警鐘を鳴らせる効果が強いからだ。仮釈で湾岸警察署前で頭を下げさせるのも、見せしめのためだ。ほら、デビュー曲の『失恋レストラン』がヒットして、レコード大賞や日本歌謡大賞などで新人賞を受賞した歌手の清水健太郎。多数出演したVシネマも好評で、〝Vシネマの帝王〟と呼ばれて俳優としても地位を築いたのに、8回も逮捕されてムショを出たり入ったり、抜けられねえんだな。それから志村けんに可愛がられていた田代まさしも懲りないシャブ中だ。奴等は何度捕まっても止められない。あたら才能を覚醒剤にシャブり尽くされてる。惜しいなぁ。……それからアイドルの酒井法子も……。男女のカップルは薬物を使った上でセックスをするのが止められないらしい。隠語でシャブセックス、キメセク、ヅケマンなどと言うんだがな。銀座のクラブホステスと情交中、彼女を死なせたミュージシャンもいたなぁ。今や日本には二百万人以上の薬物乱用者がいると言われている。その数は年々増加の一途を辿っているんだ。自転車に乗った団地の主婦がスーパーの買い物帰りに売人から手軽にヤクを買えるし、十代、二十代の若年層にまで深く静かに拡がっているんだ。これじゃ日本は滅びるぜ」

「余程強い意志を持ってないと、止められないんでしょうね」

竜次は本音で兄の顔を見詰めながら言った。

「さあ、それもなぁ、人それぞれだ。〈ダルク〉とかいう薬物依存症回復・治療更生施設もあるがな。麻取は今も俳優のN・T、女優のY・H、H・Tなんかに内偵で張り付いてるらしい。セックス依存症の女優・アイドルタレントの不正取引行為や、闇バイトなど、本来であるならば一切副業などは認められないのに、デリヘルや風俗業などに身を置く看護師や主婦、教職員や警官など国家公務員の規範意識の低下が問題だろうな。犯罪情報提供者をS（スパイ＝密告者＝内通者）というんだが、彼ら捜査協力者の増加などが薬物依存者の蔓延を何とか食い止めているということだな。竜次、お前もなあ……」

しかつめらしい渋面だ。またお説教が始まりそうな雰囲気だ。

「ただ兄さん、白猫って野郎はとっ捕まえて来ますから、しばらくブチ込んどいてください、じゃないと、こっちの正体がバレてヤバイですからね」

「分かった。いつでも引き摺ってこい」

「スンマセン。……その後、捜査の方は何か進展はありました？」

「ウ～ン、あのＩＣレコーダーの音の消えた部分がなぁ～。しかし、赤城幹事長の収賄汚職は立件されそうだな。巨星、墜つだよ。もう逃れようがない」

「また政界はどろどろの足の引っ張り合いで、大騒動に発展しそうですね。保革逆転で政権も引っくり返るんじゃないんですか？」

「さぁ、我々にはさっぱり分からんがなぁ～」

言って、隆康は冷えたコーヒーを啜った。

（いや兄貴には分かっているのだ）竜次は思った。

牛込警察署を出るとすぐに、ケータイで白猫に連絡を入れた。

繋がってはいるが応答がない。背後のざわめきは聞えるのだが——。

「あの～、黒猫ですけど、白猫さん？」

囁き声で呼び掛けてみた。

「ああ、あんたかいな。どやった？　ブツは？」

「ええ、それが、僕のスポンサーがすっかり気に入りましてねェ。次の取引はどうでしょう。とりあえずはこの前の倍で……」

「よっしゃァ、区役所通りの靖国通りに向かって左側に、小さいけど稲荷鬼王神社っちゅうお社があるわ。そこの境内で三十分後にな。分かったか？」

「ええ、必ず……」

二十分後——。

区役所から北へ五〇〇メートル、全国唯一の鬼の福授けの社として信仰を集めているとかいう稲荷鬼王神社がある。

アコーディオンタイプのゲートを入ると、鳥居の脇に鬼面を彫った手水鉢があり、境内参道には山犬の狛犬の像が立ち、平将門の怨念が篭っているような、何か昼間から薄暗い感じ。

小さな社殿の陰から、若禿の男、白猫が姿を現した。ノータイで黒のジャケット。

その後ろからもう一人、黒のTシャツに革ジャンの男。全身筋骨隆々といった感じの男がヌゥーと出てきた。眉毛の薄い、その下の目は狐のようにつり上がって細い一本の筋のような一重瞼、角張った顎が頑丈そうだ。全身これ凶器といった感じ。身長は一七五センチくらいか、竜次よりチョイ低い感じ……。

「時間に正確やなぁ、黒猫さん。よっしゃッ、取引といこうかい」

と、また無駄口なしで早速、セカンドバッグに手を突っ込んだ。

竜次は、見知らぬ人が立ち会うのは嫌だという感じをあからさまに出して、訊いた。

「こちらの方は、どちらさんですか？」

「そんなもん知らんでもええのや！」

と声を荒げて怒鳴ったが、思い直したのか、

「……まぁ教えたろかい、龍徳祥、ドラゴンと呼ばれとる、わしの用心棒や」

白猫が勿体ぶって尊大な態度で言い放った。

思わず、『俺もドラゴンだぜ、竜次ってんだ』と口走りそうになったが止めた。

ドラゴンと呼ばれた男は益々目を細めて、竜次に向かって黙って頷いた。

「さ、始めよかい」

と若禿。竜次は慌てたふりを装って言う。

「待ってください。今日は現金を持ってないんで……実は、私のスポンサーがですね……」

「何やて！　現ナマを持ってへん？　話にならんわい。止めや、止めやッ！」

若禿が喚いて踵を返して帰りかけた。
竜次としては、大人しく帰すわけにはいかない。
「待ってくれ」
竜次は駆け寄って、肩を掴んだ。
「何さらすんじゃい！」
振り向きざま、若禿が右拳をフック気味に振ってきた。
竜次は躱しもせずその腕を掴み、右手で衿を掴んで身体を寄せ、もう受身を取れぬように
グィッと引き寄せて大外刈りで右足を思い切り跳ね上げた。若禿は石畳にガツッと後頭部を
ぶつけ、白目を剥いて失神した。
途端に竜次の首に後ろからガチッと腕が絡みつき、ギリギリと締め上げてきた。あの狐目
の顎の張ったヤツ、ドラゴンだ。
竜次は自分の顎を思い切り胸に引き下げ、腕が食い込まぬよう防御した。しかし、なおも
頸動脈に集中して絞めてくる。
意識が薄れかけてきた。強烈な絞めだ。密着した男の脇腹を狙って肘打ちを食らわした。
しかし被われた硬い筋肉に跳ね返された。だが多少首締めの力が緩んだ感じ――。
首に絡んだ腕を左手で掴み、なおかつ右腕を背中に回し、男の衿首を後ろから掴んで、腰
を沈め背負い投げで投げ飛ばした。鮮やかに決まった、筈だが――首に絡みついた腕が外れ

ない。

二人同体で仰向けに石畳にブッ倒れた。

狐目は竜次の体の下になったまま、なおも首を絞め続けてくる。絞められながら肘で二度、三度と狐目の脇腹に打撃を加えた。

首絞めの力が緩む。そのまま一緒に自ら転がり半身を起こし、片膝立てて今度こそと、必殺の一本背負いを放った。ドラゴンは頭上を飛び超えて飛んだが、何と空中で一回転して猫のようにヒラリとこちら向きに飛び下りた。

一重瞼の細目が無表情で不気味だ。両手を前に構え、首を小刻みに振っている。その姿が竜次にはユラユラと二重にダブッて見えた――ヤツの首締めが効いているのだ。

頭を二、三度振り、呼吸を整えた。

相手は右爪先が内側に向いた中国拳法の構え方――少林寺(しょうりんじ)か？

（強敵だッ）と思う間もなく、「キエ～ッ」と怪鳥が叫ぶが如き奇声を発して、ドラゴンは両足を水平に揃えて蹴り、宙を飛んだ。

ブンッと空気を切り裂く音を聞きながら、危うく横に身を投げ転がった。

間髪を入れず、仰向けの竜次目掛けて、男の右足が踏み潰そうと蹴り落とされた。竜次はゴロッと転がって半身を起こす。

男の靴は石畳をメリッと砕き、裂け目が出来ていた。

（恐ろしいヤツだ……）

全く無言で、小刻みに首振りながら近付いてくる。こっちも空手で応戦だ。フェイントで左正拳を繰り出し、一瞬遅れて右拳を角張った顎に食らわした。激突した。

男はダダッと二、三歩後へよろめいたが、ニタッと笑った。

一重（ひとえ）の細眼は一文字だ。何の感情も見て取れない。

竜次はゆっくりとポケットからケータイを取り出し、男の眼を見詰めたまま、一一〇番をプッシュした。わざとらしく言う。

「あっ、一一〇番ですか？ こちら今、歌舞伎町区役所通りの鬼王神社境内で覚醒剤の取引が行われてますが……ええ、私は……」

男はすぅ〜と構えを解いて身を引くと「再見（ツァイチェン）（また会おう）」と低い声で呟き、失神している白猫を一瞥（いちべつ）して、素早く姿を消した――。

五分後、乱れた靴音が石畳に響いた。ポリスだ。

気絶していた若禿の男、白猫に活を入れ、息を吹き返すとパトカーで連行させた。

竜次も新宿署まで同乗させられた。白猫のセカンドバッグから一キロの覚醒剤が発見されたのだ。

取調室で数時間の聴取を受け尿検査もやらされたが、拘留されるまでには至らなかった。

身の潔白は、牛込警察署長の隆康に保証してもらった。

警視庁警視正、牛込警察署長の兄貴の威光の傘の下に潜り込んで身を守ってもらう境遇にある我が身の僥倖に感謝するばかりだが、法律スレスレのところで動いているのだから利用しない手はない、竜次は割り切っていた。

――翌朝一番に兄の元へ駆け付けた。

状況は切迫したものになってきた。あの、細い狐目の男ドラゴン――青帮(チンパン)あるいは香港マフィア龍頭の覚醒剤密輸組織の一員だろう。日本の組織暴力団東誠会あるいは関西連合大曽根組がつるんでいるのか？

隆康の情報によれば、東シナ海での大掛かりな覚醒剤取引はここ十年ばかりは鳴りを潜めていたが、またぞろ不穏な気配が漂ってきているらしいのだ。

ＩＣレコーダーを解析した結果判明した、史上最大の麻薬取引事件――二月に摘発された東シナ海の海上を舞台にした日本漁船と東南アジア船籍の覚醒剤密輸取引――。

第十一管区海上保安本部と沖縄地区税関が逮捕した事案は土のう袋一〇袋に分けられた覚醒剤一〇〇キロ、末端価格七十億円相当の大型取引であったそうだ。

ヤツらは東シナ海の領海法で取り締まりの甘い場所や、レーダーの届きにくいところを狙って、海図を広げ、専門的な見識でドッキングポイントを細かく確認し、互いに目印となる旗を持って無線での暗号も決めているらしい。

鹿児島県の沖合いで、マレーシアとかアフリカ・シェラレオネ船籍の貨物船から覚醒剤を受け取り、徳之島に一旦陸揚げ。その後、軽乗用車に移し変え、フェリーで鹿児島市に持ち込む。そして全国へ拡散させるというわけだ。

これが常套手段なのだ。この件には、神戸Y組、関西連合大曽根組が絡んでいたらしい。

香港の組織犯罪集団の総称を〈三合会（英語名でトライアド）〉というそうだ。

特に〈14K〉や〈新義安〉が有名だ。

三合会には一〇系列五六組織があり、メンバーの合計数は二〇万人を超えているとか。この14Kの首領を龍頭（ドラゴンヘッド）というが、この何十年は空位のままだそうだ。

14Kのメンバーは四千～五千人――組員同士がお互い顔も知らないから、同じ組に属しているのに抗争が勃発したり、最末端の子分の喧嘩騒ぎは後を絶たないそうだ。

伝統や儀式を重んじる14Kでは、入会の儀式は、組員として入会を許された複数の人間が互いの指先を切って血を出し、盃に注ぐ。

その後、鶏の頭を切ってその血を注ぎ足し、皆で飲み分け、龍頭に忠誠を誓うそうだ。必ずその際には、組のボスに三六ドル六〇セントを贈ることだけが決まりだとか。

何故、そんな中途半端な数字なのか、誰にも分からぬとか――。

龍頭は四八九の数字で表し、他に軍師役は四三八パクツーシンと呼ばれる。四二六のフンクワンは暴力を振るう役、つまり殺し屋だ。

龍徳祥、ドラゴンがこの役だろう。

連絡役は四一五チャオハイと呼ばれ、各役職が厳密に組織化されているのだ。

その香港マフィアが日本に上陸し、国内の組織暴力団と結託して暴利をむさぼろうとしている。

大量の覚醒剤が日本国内に流れ込んでいるのだ。

何とか水際で阻止しないことには、一般市民にまで拡散されたヤク中は留まるところを知らず——今や若年層・主婦層にまで広がり、心身ともに蝕まれ恐ろしい状況になっているのだ。

これが、民政党幹事長赤城克二の第一、第二、第三秘書達の惨殺に繋がっているのか……？　謎は深まるばかりだ。

もう竜次にとっては、政治家の贈収賄事件とか、覚醒剤密輸とかはどうでもよかった。依頼された事案をビジネスライクに片付けるだけなんて……そもそも調査する動機とか理由付けとか知ったこっちゃない。ただ、自分の胸中に渦巻く愛する女を守りたいというか、悪への憎しみというか、それが己を突き動かす原動力となっているのだ。

## 4

『春一番の風が……』と天気ニュースが伝えていたある晩、竜次は八階ベランダに置いた鉄製の白いガーデンテーブルとチェアに座りロックグラスを舐めながら、ボソリと言った。

「なぁヨッコ、またガードマン犬を飼おうか？」

リビングのソファーで寝転んで推理小説に没頭していたヨッコがふっと顔を上げる。

「エッ？ もうやめましょッ、ラッキーの二の舞だったら可哀そ過ぎるわ」

「今度は『ロッキー』ってのはどうだい？ スタローンのボクシング世界チャンピオン！ ♪チャチャチャーン、チャチャチャチャーン♪」

と、映画のテーマ曲を口ずさんだ竜次に、ヨッコは耳を塞いで叫んだ。

「ヤメテッ！ ラッキーが可哀そう！ 思い出しちゃうわァ」

涙ぐんでいる。

「ご免。茶化すつもりはないんだ。ただな、木村の他にまた危険なヤツが出てきた。今度は中国人だ。凄まじい拳法を使う……」

「どうして、竜次さんは、そんな危ないことにばかり首を突っ込むの？ 心配ばかりさせてェ〜」

「最初に依頼された件からずっと繋がっているんだぜ、このアブナイことはさぁ～。好むと好まざるとに関わらず、向こうからやって来るんだ」

「好む人なんていないわ、竜次さんぐらいよ。好んで自分から首突っ込んでるのは……」

「まぁそう神経をピリピリさせるなよ。こういう時に、卓也がいてくれたらなぁ……」

またヨッコは涙ぐんでしまった。

「思い出させないでェ。後悔先に立たずよ。巻き込んでしまったんだものねぇ……アタシの命を救おうとして自分が犠牲になってしまったんだものねェ～。また、卓ちゃんと軽口叩きながら、握りを食べたいなァ」

また、堂々巡りだ、いつもそこへ戻ってきてしまう。

「まぁ、あまり自分を責めるな」

ロックグラスを一気に飲み干し、ボトルに手を伸ばした。

最近は二人連れ立っての外出は控えている。特に歌舞伎町界隈へは――。

（奴等も俺には恨みを持っている筈だ。鴉の目鷹の目で探し回っているだろう……）深夜、木村にベランダから忍び込まれ命を狙われたからといって、また移転し、姿を隠すなんてことはできない。戦々恐々とおびえて穴に隠れているわけにはいかないのだ。敢然と迎え撃ってやる。

竜次は夜空に聳（そび）える都庁と赤く彩られた東京タワーを見やりながら、ロックグラスを傾けた。この琥珀色のバーボンは荒らぶる神経を鎮めてくれる――。

状況が劇的に変化した。

なんと与党幹事長赤城克二が逮捕された。次期総理を狙う現役バリバリの超大物が引っ張られたのだ。

かつての退陣後のT・K首相、囚人服のまま手錠を掛けられた韓国の元大統領の二人、チョン・ドゥファンとノ・テウを彷彿とさせる大事件だ。

全て吉田秘書のICレコーダーと貸金庫から押収された五千万円と、新しく白日の下にさらけ出された、スイス・ペルンの国立銀行に隠匿された五億の隠し金と金の延べ棒――政治家としては言い逃れのできぬ退路を断たれた状況だ。

その上、日本国内の組織暴力団と香港マフィアとの覚醒剤コネクションとの関係――テレビニュースで見る赤城幹事長は傲然と胸を張り、平然と報道陣のカメラを睥睨(へいげい)している。逆転させる自信がそうさせるのか、それともただの虚勢か？　真相はまだ闇の中だ。

竜次は顎の傷痕を撫でながら考えた。

ヨッコに危害の及ばぬようにするにはどうすれば……？

既に吉田秘書が隠し、東誠会、大曽根組が狙うブツ（ICレコーダー）は発見され、ヤツらにとっての弱みは、もう恐れる証拠ではなくなった筈だ。だからもうヨッコも竜次も狙われる謂れはないのだ。

（いや、ヨッコは兎も角、俺はダメだ。無痛覚の殺し屋木村は蛇蝎の如くしつこく俺の命を狙ってくるだろう……もう宿命的な敵、仇だ）

そりゃそうだ、東誠会会長の稲葉剛造を子分等の前でとことん揶揄し、コケにしたのだ。その上、歌舞伎町一番街通りのシシリア内のヤツらの資金源の闇賭博場に変装して乗り込み、グチャグチャに引っ掻き回した挙句、警察の手入れを食らい、資金源の一つを絶たれ、なおかつ今度は、莫大な利益を生む覚醒剤密輸にまで首を突っ込んできて、ヤツらにとって一番大事な面子を、顔を潰したのだ。

今さら、『もう手出しはしないから見逃してくれ』とは泣きつけまい。それこそ、こっちのメンツが、プライドが許さない。東誠会とはガチンコ勝負だ。そうと決まれば攻撃あるのみだ。竜次は腹を括っている。

もう一つ、ややこしいのが出てきた。ドラゴンとかいう狐目の薄気味悪いヤツ——ツナギの売人の仲買人〈白猫〉をトッ捕まえて警察に渡してしまったから、もう連絡を取る手段がない。それに奴、ドラゴンは日本語が喋れないらしい。出没する場の見当がつかない。まぁ、そのうちヤツの方から目の前に現れるだろう。行き当たりバッタリだ。

生暖かい春の宵、竜次はジーンズに黒のTシャツ、綿製のカーキ色のブルゾンを引っ掛けて歌舞伎町を徘徊していた。

危険を承知で我が身を囮にしただけに、いつもより余計に眼は油断なく辺りの雰囲気を探っている。竜次の危険を察知する能力は動物的なのだ。本能と言っていいか……。妖しい歌舞伎町独特の夜のムードは十年一日変わることはない。

（よぉし、今晩は超お久しぶりの店へ行ってみよう）

区役所の真ん前から左へ折れ、ゴールデン街へ足を運ぶ。アーチを潜ると長さ一〇〇メートルほどの狭い道路が六本、その両側に二七〇店舗もの長屋風の飲み屋がマッチ箱のように軒を連ねている。

終戦直後の闇市から始まり、昭和三十三年の売春防止法施行前までは赤線まがいの青線地帯だったが、今は文壇バー、ゲイバー（女装バー）、ぼったくりバーの三つに分類できるとも言われる。

殆どは二坪から三坪、カウンター六〜八席で満員の、名物飲み屋街だ。芸能人や前衛的な芸術家達が集い、独特な雰囲気で常連客が吸い寄せられて来るのだ。竜次も金のない学生時代にはよく通って、朝まで呑んだくれた思い出多い街なのだ。

まだ営っていた、昔馴染みの〈べべ〉の店のドアを開ける。

「あ〜ら、竜ちゃん？　お久しぶり、生きてたのォ？」

何十年前と変わらぬべべママの懐かしい声が迎えてくれた。

一九六〇年代に一世を風靡したフランスの肉体派女優、ブリジット・バルドーの愛称のべべと呼ばれているゴールデン街の名物ママなのだ。

その頃、フランス映画界にはミレーヌ・ドモンジョ、ジーナ・ロロブリジーダなどオッパイボインの胸躍らせる映画女優がワンサカ居並んでいたのだ。

腰まで伸びたストレートの長髪も昔のままだ。それも黒髪に染めて、竜次の母康子と同じくらい、もう七十近い筈だ。

鍵型のカウンターに三人と四人掛け、七人で満席の飲み屋だ。まだ時間が早いせいか客はいない。午前零時過ぎからが、かきいれ時なのだ。

「生きてたさぁ、何とかね。ママこそ相変わらず生きてるネェ……」

「またまたまたァ！　竜ちゃんのボトルなんて取ってあったかなぁ、チョッと待っててね」

カウンターの下に首を突っ込み、カチャカチャ探し出した。

「あゝママ、いいよいいよ、おニューを入れて」

「ウチではあんな酒置いてないよ。十三年モノなんて。竜ちゃんだけだもんね飲むのは……確か二、三年前までは残してたんだけどねェ……ウチはどうでもいい客のキープボトルだったら、チョッと顔見せなくなったらすぐ処分しちゃうからね。処分と言ったって、アタシのお腹の中へだよ、アッハッハッハッハ……あゝ、あったあったこれこれ！」

カウンターの下からダスターで埃を拭きながら、懐かしのワイルドターキーのボトルを持って嬉しそうに顔を上げてきた。

「ワイルドターキー十三年！ もう十年寝かしてたから二十三年モノになっちゃってるね、貴重品だねこれは」

相変わらずシャレがきつい。楽しませてくれる。

「ロックだったね、は〜い。今、作るからね。チョイ待ち」

トクトクトクといい音させて、グラスにウイスキーを注ぎ出した。

竜次は煙草に火を点け、店を見回した。壁にはママがさまざまな客と一緒に撮った写真や劇団の公演チラシ、べべの店が取材された週刊誌の切り抜き記事などが雑然と貼られ、昔とまるで変わっていない。

「ママ元気そうだね？ 俺も嬉しいよ。乾杯といこうか」

「チョイ待ち、アタシはストレートで行くからね。は〜いカンパ〜イ」

八オンスタンブラーに八分目ほど満たして、まるでウーロン茶を飲むように一気飲みだ。よくも肝臓や胃がイカレないものだ。これが毎晩なのだ。

「熟成して味が濃くなってるぜェ、うめえやァ」

「そうでしょ、アタシのお陰よ、残しといてやったんだから感謝しなさ〜い……どう？ その後、イイ女性見つかった？」

べべママは竜次の以前の不幸な結婚を知っているのだ。カウンターに頬杖突いて聴いてきた。

「まだ正式には独身（ひとりもん）だけど、可愛い娘（こ）が見つかったよ」

「そ〜お、ヨカッタ、心配してたのよォ。アッ、いらっしゃい」

ドアを振り返ると若い男が二人、ヌゥッと入ってきた。

中国人か、韓国人か——、日本人ではない。同じ東洋人でも、日本・韓国・中国——顔付きの印象が微妙に違う。

「ママさ〜ん、久しぶりです。元気そうねェ」

中国人だろう、この訛りは。

「陳（チン）さん、日本語上手になったわねえ、ちゃんと学校行ってる？」

べべが、ボトルに〝張（チョウ）〟と白色油性ペンで名前の書かれた紹興酒（ショウコウシュ）を棚から取り出し、注ぎながら二十二、三歳に見える若い方に訊いた。

「はぁい、もう二年になりますよ。週四日間ね」

「そう、張さんはまだ九龍飯店のコックさんを続けてるの？」

「はぁい、もう長いですよボク。はい、乾杯（ガンベイ）」

三十歳くらいの年上の張と、若い陳の二人は小さなグラスをカチンと合わせて老酒（ラオチュウ）を一気飲みした。竜次も二人が入って来た時は一瞬緊張したが、中国同郷の若者達かと気を緩めた。

「好吃（ハオチイ）（旨い）」とお互いに酒を注ぎ合って和気藹々（わきあいあい）の雰囲気で、中国語のお喋りが始まった。早口でペチャペチャと賑やかだ。

べべが説明してくれた。年上の方の張は上海出身で中華料理店でコックを、年下の陳は福建省出身で語学留学生としてもう二年ほど高田馬場の日本語学校へ通っているとか……。

竜次とべべは空白の何年間を埋めるべくお互い情報交換し合い、共通の知人の噂話で大笑いしグラスを重ねた。一時間ほど経ったか――。

「ママさん、トイレ行ってくるね」

と張が立ち上がった。べべの店にはトイレがないのだ。

「分かってるわね、そっちよ」

べべが指差す方へ張はホロ酔いで出て行った。

このゴールデン街には共同トイレはあるが、各店舗全部には備わってはいないのだ。

「ママ、また来るよ、長いことご無沙汰しちゃって悪かったもんな、釣りはいいぜ」

と万札を一枚置き、立とうとした時、トイレから張が戻ってきた。

何かひと言、中国語を発すると同時にチクッと、左肋骨の下、脾臓（ひぞう）の辺りに刃物が刺さった。深くはない、抵抗するなと脅しのナイフだ。

椅子に座っていた陳という若い方もナイフを竜次のジャンパーの右下に突っ込み肝臓辺りに一センチほど刺し込んだ。生温かい血が流れるのが分かった。

二本とも、刃先がチョッピリ食い込んでいる。今見た陳のものは十五センチほどの長さの両刃のナイフだ。以前確か、上海雑技団の手裏剣投げで観たことがあった。

「ママさん、ゴメンね。この人、チョッと用ある。連れて行くけど、警察ダメよ……さぁ、立ちなさい、あなた」

張が竜次のベルトを掴み、引き上げた。

「竜ちゃん、どうしよう、どうしよう」

べべママがおろおろと泣きそうな声を上げる。

「ママ、大丈夫だと思う。殺るつもりなら最初からブスリとやられてるよ」

「喋るなッ」

張が荒っぽくベルトを引っ張り、陳が同じく激しく肩を小突いた。

べべに安心させるように頷いてみせ、外へ引っ張り出された。

通り過ぎる酔客達には、両脇から見られぬようにナイフをジャンパーの下から突っ込まれてはいるが、二人にベルトを掴まれ抱え込まれて、中国語でペラペラ喋られたら、酔った友人を介抱する中国人仲間と見られることだろう。

蛮勇を奮う竜次でも、さすがに両脇から浅く刃先を刺されたままでは動きが取れない。言いなりになるより仕方がなかった。というよりも、この先どうなるのか、流れに身を任せてみるのも、一興かとも思ったのだ。

五〇メートル先の左側に交番がある細い花園交番通りを突っ切り、石段を十段ほど上ると花園神社――。一の酉、二の酉のお酉さまで有名な神社だ。昔懐かしい何百の露店が軒を連ね、幸せな家族やカップルが集う名所だ。数十年前、寺山修司や唐十郎らを筆頭に紅テント・黒テントなどアングラ芝居・小劇場活動が華やかなりし頃は、境内に天幕が建ち、一世を風靡したものだ。

だが今は、その境内を何本かの外灯がポツンと照らし、侘しい感じだ。たまに足早に通行人が行き来している。明治通り、靖国通り両側に入り口があり、歌舞伎町への通り抜け道に利用されているのだ。

奥の朱色の回廊を回って社殿の陰まで連れ込まれた。

と、目の前に黒いシルエットの後ろ姿が――両手をポケットに突っ込み、悠然と振り向いたその顔は、細い狐目、角張った顎。

ジャアーン！　ドラゴンの登場だ！　黒尽くめだ。

黒のズボンと黒のカッターシャツ、細い狐目は相変わらず無表情だ。ゆっくりと近付いてきた。立ち止まると何やら中国語で呟いた。左脇の張が通訳してくれた。

「この前、再見と言ったが、その通りまた会っただろ？　ヤクから手を引け。探ることも止めろ」

いきなり狐目の手刀が喉笛に食い込んだ。

両脇からナイフの刃先を刺されていては避けようもない。「グエッ」と息が止まった。喉を押さえて膝から崩れ落ちた。酸素を吸い込もうとするが空気が肺に入ってこない。両脇の二人は両刃のナイフを構えたまま、いつでも突き刺せるように油断なく見構えている。

見下ろしながら、またドラゴンが何やら呟いた。

そして、再び通訳――。

「次はない。分かったか、命がないということだ」

「キエ～ッ！」

怪鳥（けちょう）の叫びと同時に足蹴りが顎に――。

二メートルほど後方にフッ飛ばされた。（顎が……折れたか？）

急所は外した蹴りだ。殺すつもりはないらしい。だが、その衝撃力は凄まじいショックだった。張と陳に両脇から腕を引っ張り上げられ、立たされた。向き合ったヤツの目を見た。

その狐目は氷のように冷たく、何の感情も読み取れない。

次に、拳が鳩尾（みぞおち）へめり込んだ。「ゲエッ」と茶色の胃液を吐き出した。今、飲んだばかりのワイルドターキーだ。勿体ない。

（反撃できないか？）竜次は隙を窺った。

左右の三〇センチの距離で、張と陳がナイフを突き刺そうと待ち構えている。ノーチャンスだ。

「アチャッ！」

左目の横、こめかみに拳が激突した。

裂けて血が噴き出した。脳が揺れた。

（お前はブルース・リーか？　ジャッキー・チェンを気取ってるのかよォ）との思いが頭をよぎったが、そのまま石畳がズームインしてゴンとぶち当たって昏倒した。

――真っ暗な穴倉に真っしぐらに落ち込んで行った……。

5

――何十分後か？　何時間後か？

うつ伏せのまま眼が開いた。静かだ。周りには誰もいる気配はない。

ジャンパーの内ポケットから苦労してケータイを取り出し、テイクファイブの修ちゃんに掛けた。

明るい声が返ってきた。

「ハァイ、竜次さん、どうしました？　こんな時間に？」

「修ちゃん、今何時だ」

無理やり声を絞り出すが、かすれて聞えているかどうか……。

ドラゴンに喉をやられたのが効いている。

途端に修ちゃんの声が緊張した。

「どうしたんですか、その声。今は三時、さっき店を閉めたばかりですよ」

(そうか、三、四時間失神していた計算だ)

「修ちゃん助けてくれ、花園神社の社殿の奥だ、ブッ倒れてる……」

「ハイ！　今すぐ」

強張った声が応え、プツッと切れた。

新宿警察のすぐ傍、青梅街道沿いの東京医大病院にするか、牛込署管内、河田町の東京女子医大病院にするか、救急車の中で受け入れ先のＯＫを取るまで五分ほど待たされた。

息せき切って駆け付けた修ちゃんが、この状況を見て「竜次さんッ」と顔をしかめたが、テキパキと処理してくれた。

修ちゃん一人ではこの傷だらけの竜次を運べないと、事件沙汰になるのを覚悟の上で竜次の承諾を得て一一九番したのだ。

望んでいた通りに東京女子医大病院に決定した。自宅からも近い。ヨッコにはまだ知らせていないが、「アタシもう死にそう」になって駆け付けて来るだろう。

救急車のピーポーピーポーのサイレンとともに、河田町の東京女子医大病院の救急病棟入り口から担ぎ込まれた。自分が救急車で搬送されるのは初めての経験だった。宿直担当医師と看護師達は手早く応急処置をしてくれた。

左目横の傷は四センチほど裂けていたが、痕が残らぬよう懇切丁寧に縫合してくれた。脇腹の二箇所の刺し傷は五、六針の縫合手術を施された。顎は折られてはいなかった、ヒビが入っていただけだ。だから、手術は断った。

「お若い身体をお持ちだから、すぐくっ付きますよ」

慰めのつもりか、まだ研修医のような若い医師にお世辞を言われた。

喉と胃への打撃は日が経てば癒されるだろうとの診断だったが——。

駆け付けた所轄の牛込警察署、警官の事情聴取が困った。声がかすれて出ないのだ。覚醒剤が関係した中国マフィアとのトラブルだなんてことは、おくびにも出す気はない。お互いに酔った上で中国人と口喧嘩になりヤラレただけだと言って、押し通すつもりだ。捜査員の質問には大袈裟に声を振り絞って苦しそうに答え、見かねた医師の進言もあって、後日の聴取という約束で軽く済んだ。

竜次が「傷害事件として告訴する気はありません」と言うと、警察官は「これだけヤラレたのに……」と不思議そうだった。自分一人でカタをつけるつもりなのだ。

(ドラゴンよ、張よ、陳よ、倍にして返すぜ。首を洗って待ってろよ)の気分だ。

結局、縫合手術経過観察という名目で、入院を強いられた。「帰宅する」とゴネたが仕方がない。ヨッコも病室に泊まり込みという状況になった。

竜次の哀れな姿を見て、涙を流していた。女はすぐ泣く。

警察はゴールデン街のベベの店にも、修ちゃんの所にも聞き込みに行くだろうが、二人とも余計なことは一切喋らないだろう。ベベは歌舞伎町ゴールデン街で何十年も生きてきた海千山千のママだ、大丈夫だろう。ただ、キッカケがあのベベの店で始まってしまったことは誤魔化しようがない。

翌日、隆康が、牛込警察署から十分の距離なので駆け付けてくれた。

「お前のそんな姿を見るのは初めてだな」

開口一番、皮肉たっぷりだ。いいクスリになっただろう、との思いが感じられた。

そりゃぁ、学生時代から、柔道・空手そして十種競技のトレーニングで手足の捻挫・靭帯の損傷などは数え切れないほど経験し、怪我にはもう慣れっこだったが……。

かすれ声も大分マシになっていた。簡単にいきさつを話した後、隆康にこんなことを訊かれた。

「竜次、お前、スリーピング・エージェントって知ってるか？」

「ええ、本で読んだことがある程度ですがね」

「昔からある古典的なスパイ活動のやり方だ。英国のＭＩ６（エムアイシックス）もソ連のＫＧＢもやっていた――北朝鮮の拉致事件の犯人達もこのスリーピング・エージェントが多い。つまり、敵対する国に秘かに潜り込み、何ヶ月も何年も馴染んで、人の良い隣人になりすまし……、つまり長いこと眠っているんだ。しかしひとたび事あらば、その国の言語や風習をその国の人達と全く同じように使って行動開始するわけだ。何の疑念も持たれずにな。何年も国外に潜み、工作員としては確固たる自国への忠誠心・思想・信条は絶対に変えない。横田めぐみさんの拉致を手始めに、一九七八年の地村保志・富貴恵さん、八〇年の原敬晃さん拉致の実行犯、辛光洙（シングワンス）などがいい例だ。今や彼は北朝鮮では英雄扱いだがな……。最近では、アメリカのエドワード・スノーデンというCIA局員だったIT関係のスパイが情報を盗んでロシアに亡命したヤツもいたな」

「日本でも江戸時代からあったでしょう。間諜（かんちょう）としてその土地の人間になりすまし、幕府に謀反を起こさぬか、反旗を翻（ひるがえ）さぬか動静を探り、偵察し、幕府に報告する……それが忍者の原点、徳川が二七〇年続いた原因でしょう。だから薩摩の島津藩などは、直ちによそ者を見抜けるように付け焼刃では真似のできない薩摩弁を使用し、幕府に対抗したみたいですね。その忍びの者は何十年も、何代も続き、その土地で結婚し、子供を作り、生まれながらの薩摩人になり切っていたそうですねェ」

竜次も兄貴に倣（なら）って、知る限りの知識を披露した。

「妙な話になってしまったが、今度の張も陳も日本国内に馴染んでいたわけだ。一人は中華料理店のコックとして、一人は語学留学生としてな。ドラゴンは駄目だ。言葉を喋れない。

おそらく、香港マフィアから派遣された抹殺部隊、殺し屋の一員だろう。邪魔者を始末する殺し屋としてな」

「フンクワンって役ですよ。おっかねえ話になってきましたねェ」

「だからお前も、慎重に慎重を期して、最大限の注意を払って動かないとな。『次はない』と宣告されたんだろ？　東誠会の木村もまだ健在だしなァ」

「兄貴ィ、そんな他人事みたいに言わないでくださいよォ」

「まぁゆっくり休め。いい休養になって良かったな」

言い捨てて部屋を出て行った。

二日間の入院生活を余儀なくされた。喉と胃の打撲の症状は回復したが、左目横の裂傷の抜糸はまだ先になるらしい。顎のヒビは時間が解決してくれる……。骨はカルシウムだけではなく、たんぱく質摂取が一番だそうだ。

神様が与えてくれた休暇と考えることにした。

隆康はやはり、警察機構の厳しい階級制度に縛られる縦社会に住んでいる体制側の人間なのだ。規則・罰則に縛られ、全く個人の判断に任された自由などは存在しない、窮屈そのものだろう……。その点、竜次は誰にも何ものにも束縛されない。この強みがあるからこそ、一匹狼として自由に泳ぎ回れるのだ。

危険は承知の上だ。油断すれば禍は即座に今回のように我が身に降り掛かってくる。代償は大きい。それでも前へ進まねばならない。自分で決めたことだ。

――闘志が掻き立てられた。相手にするのは強大な組織暴力団と香港マフィアだ。木村であり、ドラゴン――奴等が言う通り『次は（命が）ない』だろう。

（なのに、武器を持たず徒手空拳で挑もうとしている俺は馬鹿か？）

だが愛する者を守るために、そして自分の信念に懸けて敢然と挑戦するのだ。

……一日も早い身体の回復を願って、ヨッコの献身的な世話を受けながら自宅で療養に専念した。

# 第五章　ワルキューレの騎行

## 1

竜次は身体の治療と回復に専念した。

ヨッコは甲斐々々しく世話を焼き、それが嬉しそうだったが、暫く酒は飲ませてもらえなかった。「傷に悪い、骨に悪い」と言って――。

顎は食事をするたびに痛みを感じ、その痛みがドラゴンにヤラレたという悔しさを思い起こさせ、復讐心を燃えたぎらせるエネルギーとなる。だから、顎の骨が痛もうとキリキリと奥歯を噛み締めるのだった。

自宅に引き篭もって三日目――。

「竜次さん、もうそろそろ飲んでもいいんじゃな～い。よく我慢したものね、お利口さんだったわ。はい、ご褒美！」

と、琥珀色のバーボンのロックがテーブルに置かれた。

（おお、懐かしの我が恋人、ワイルドターキー……）五日ぶりだ、喉元から五臓六腑へ染み入るこの桃源郷感……。ドラゴンにやられた喉にもヒリッとはこなかった。

ヨッコはまだ正式に籍には入っていないが、すっかり女房気取りだ。竜次も亭主面して我が侭を言ったり、「飲ませろ」と強権も発動しなかった。

（家にいたら俺はヨッコの尻に敷かれてるな、カカア天下だなこりゃ）と、苦笑せざるを得なかったが、何故かこの状況が居心地良かった。


四月――生暖かい春の風が吹くある午後。

「まだ早い」と言われたが、いつまでも絆創膏を貼っているのもカッコ悪いと、東京女子医大病院で左目の横の傷の抜糸をしてもらい、気分さっぱりと新大久保通りをブラついていた。何の飾りもない黒一色のベースボールキャップを被り、傷隠しのためのレイバンのサングラス、素肌に黒のサマーセーターというスタイルで――、久しぶりの外出なので気分爽快だった。

顎の骨のヒビはまだ噛み締めると痛みが走るが、まあ日を追って痛みも薄皮を剥ぐように忘れるだろうとの医師のご託宣だった。

（見つけたッ）

高架ガードを潜ってすぐ、ＪＲ新大久保駅のキップ売り場で料金表を見上げる張と陳の二人連れ。あの両刃のナイフを使う中国人だ。あれから、張の勤め先のある新宿の九龍飯店と陳が通う高田馬場の日本語学校を当たったが、もはや雲を霞と姿をくらました後だった。

（見つけるのは難しいぞ、こりゃ長期戦だな）と覚悟をしていた矢先だったのに――この幸運。

ゴールデン街のべべの店から始まり、花園神社の例の一件からもう一ヶ月近くが経つ。竜次は人の顔を覚え、見分ける特技があることに感謝した。

エスカレーターでホームへ上がる二人を目の隅に、適当な値段の切符を買い、後を追った。山手線内回り、竜次は同じ車両に飛び込み、帽子のツバを目深に下ろし、サングラスを掛け直した。尾行・追跡はお手のものだ。朝夕のラッシュ時間とは違って、今の午後のこの遅い時間は乗客もまばらだ。気付かれぬよう二つ離れたドアに寄り掛かりガラスに腕を突いて顔を隠し、窓外を見る感じ――奴等には見破られない自信があった。

張と陳は座席に腰掛け、何やらお喋りに夢中だ。切れ切れに中国語の単語が聞える。電車は渋谷を過ぎ品川を過ぎ、（はて、何処まで行くのか？）と思い始めた頃、車内アナウンスが「次は田町ィ田町ィ」と告げると、二人はフイと立ち上がった。竜次も続いて降車する。

二人は何の警戒もしていない様子。尾行するのは簡単だ。二人は田町駅芝浦口からタクシーに乗り込んだ。

次のタクシーに乗り込もうとした客に竜次は「スイマセン。警察ですが内偵捜査です。

譲ってください」と半ば強引に割り込んだ。

ブツブツ文句を言う男に頭を下げ、ドアを閉めて指示した。

「あの車を追って！」

タクシー運転手が振り返って興奮気味に言った。

「撮影ですか？　本物ですか？」

三十代の若い運転手だった。

「本物だよ、だから慎重にな。気付かれないように」

「ハイッ、こんなの初めて。ワクワクしちゃうなァ」

とハイテンションだ。

「ホラ信号ッ、赤に変わるぞ。突っ走れ！」

後部座席から身を乗り出して信号を指差した。

「ＯＫ、任しといて！」

グーンとアクセルを踏み込む。

車は田町車両基地操車場方面へ――。

やがて、鉄道線路の入り組んだ、だだっ広い操車場の中へ。

前のタクシーが停まった。

「停めてくれ。釣りはいい。この件は黙っててくれるか？」

「勿論。口が裂けたって！」

口にチャックを閉める仕草。こういう奴こそ、すぐ喋るのだ。名残惜しそうにタクシーは引き揚げて行った。

そろそろ空も暮れなずむ時刻。

張と陳はキョロキョロと周囲を見回し、誰かを探している様子だ。

竜次は錆びたレールと枕木が積み上げられ、雑草が生い茂った一角にしゃがみ込み、その隙間から覗いた。

と、倉庫の陰から銀色のメルセデス・ベンツがスゥーと滑り出てきた。

ドアを開けて降り立ったのは、東誠会会長、稲葉剛造、若頭（わかがしら）の松浦清次、殺し屋木村、三巨頭の勢揃いだ。

間を置かず、反対側の倉庫の角から黒のベンツが……、降り立ったのは、その筋の匂いをプンプンさせた三人の男、先頭の男は？『週刊実話』のグラビア写真で何度も見た関西連合大曽根組の丹羽勝重組長、あとは幹部と用心棒だろう。

いよいよ東西の組織暴力団のアタマが相まみえたのだ。しかし、こんな陽（ひ）のあるうちに、こんな場所で、大胆不敵にも何の話し合いだろう……。

突如、竜次の潜む背後から、中国語の話し声が聞えた。

ハッと身を伏せて様子を窺う。

張と陳が慌てて駆け寄って行く気配だ。右側一〇メートルの近くを二人の男が、一人は肉がスーツからはじけそうに太った脂ぎった大男。毛沢東に似ている。

二個の鞄を提げて従うもう一人の男、ドラゴンだ！

三組のヤクザが倉庫に囲まれた広場の中央で顔を合わせた。

東誠会若頭松浦と大曽根組組長に従う男は、それぞれ大きなバッグを手に提げている。多分現ナマだろう、一億か二億。香港マフィアは覚醒剤……。

今まさに大取引が始まろうとしている。さすがの竜次も興奮を抑えられなかった。張と陳を新大久保駅で見つけた、この偶然の発見に感謝した。

三〇メートルは離れている。微かに風に乗って会話のやり取りが聞えるが、中国語は張が通訳しているらしい。竜次はケータイをプッシュし、隆康に声を潜めて緊急連絡した。

「兄貴、今ヤクの大取引の現場です。東誠会と大曽根組、それと香港マフィアのそれぞれの頭が雁首揃えてますよ。一網打尽にできます。品川の車両操車場です。僕のケータイのGPSをオンにしたままにしときますから、音を出さずに大至急捜査網を敷いてください、大至急ですよ」

ドラゴンはあの一文字の狐目で、警戒するように周囲を見回している。油断ならない奴だ。もう茜色の雲が黒く変わり、薄暮が近付いている。

闇はもうすぐそこだ。

話がまとまったのだろう。金と薬物の入った鞄が交換され、それぞれがしゃがみ込んで確認し合っている。なるべく時間が掛かることを願うのみだ。

札（さつ）の数量は合っているか、ヤクは約束通り上質のものか？

やがて、満足そうにそれぞれが握手を交わし、手打ちの儀式だ。捜査陣は間に合いそうにない。（到着まで足止めせねば……）

三方に分かれて歩き出した途端、竜次が立ち上がった。

「お～い悪党ども！」

と大声で呼び掛けた。

ギョッと三組十人の男達は立ち竦み、こちらを凝視した。

「稲葉会長、松浦さん、木村、久しぶりだな。それから大曽根組の丹羽組長さん、香港のドラゴンさん、ビデオで撮らせてもらったぜ」

とハッタリをかませてやった。大嘘だ。

「ヤツだ、倉嶋だ。殺せ」

稲葉会長がこっちを指差し喚いた。薄暗くて判別できぬが、多分また七面鳥のように顔を真っ赤に変色させているだろう。

ヤクザ連中は懐から拳銃を抜き、ブッ放し始めた。集中砲火だ。

銃弾が鉄のレールにカーン、キーンと金属音を響かせて跳ね跳び、枕木にはブスブスと食い込んだ。

何が何でもこちらの息を止めようとの、傍若無人なやり方だ。

竜次は雑草の中に身を投げ出した。雑草の陰から窺うと、ドラゴンと張と陳、木村の殺し屋部隊がこっちへ突進して来るのが眼に入った。

（万事休すだ）

腰をかがめて走り出した途端、周囲にまばゆいばかりの投光機のライトの光が一斉に点灯された。

（間に合ったァ、正義の味方、騎兵隊の到着だ）

立ち停まって振り返って見ると、四方からパトカーのフロントライトが煌々と照らし、赤色灯が煌めいていた。

竜次は、パトカーをこんなに頼もしいと感じたことはなかった。うっとりするような素晴らしい景色だった。

反して、蜘蛛の子を散らすが如く、拳銃を乱射しながら逃げ出した連中と、少しの間、警官隊との銃撃戦が交わされたが、拡声器の「銃を捨てろ。抵抗は無駄だ」の声に、ベンツの陰に追い詰められたボス達は観念して手を挙げ、逮捕された。

竜次はかねてから、何故日本の警察は凶悪犯人に対して発砲・銃撃しないのかとの疑念を持っていた。

SAT（サット）という特殊急襲部隊がありながら、まず人質の安全を最優先し、かつ犯人の身柄を穏便に確保することを第一義として、説得とか交渉を繰り返し、端から見ていて歯がゆいことおびただしかったものだ。

厳しい訓練を受けたスナイパー（狙撃手）が、二〇〇メートル離れた距離からでも望遠照準器を装備したライフルで腕や足を狙って撃ち抜き、犯人を無力化してしまえば解決は早いのに、何時間も根気よく、立てこもり犯人を説得し続ける……。

アメリカだったらSWAT（スワット）（特殊火器戦術部隊）が即座に突入し、犯人射殺で幕引きなのに、日本の警察ときたら、身内のこちら側に犠牲者を出したりして、犯人身柄確保までイライラ焦（じ）らされるのだ。

しかし、この日の警察は違った。防弾チョッキや防弾盾で武装して、雄々しく悪党達と銃撃戦を交わし、ボス達を逮捕したのだ。

問題はドラゴンと木村だ。

殺気丸出しで竜次目指して駆け寄って来たが、包囲陣に気が付くや闇の中に姿をくらませてしまったのだ。

現場検証が行われた結果、警官四人に犠牲者が出ていた。一人は首をへし折られ（ドラゴンの仕業だ）、一人は心臓を一突き（木村の仕業だ）、一人には両刃のナイフが喉に突き刺さって（張の手裏剣だろう）、その他、一人が銃撃戦で命を落とした。

手錠を掛けられた稲葉剛造がパトカーに押し込められる寸前、竜次と目が合うと、まぶしそうにその目を細めて言った。

「あんたには負けたよ、俺の組にスカウトしたかったんだぜ」

「冗談は止してくれ。長いこと食らいそうだね会長、もうドンペリともルイ十三世の美味い酒ともお別れだね。生きてるうちにまた会えるかな？」

「フン」と苦笑し、稲葉剛造はパトカーで連行されて行った。

大曽根組組長丹羽勝重も、香港マフィアのボスも同じ運命を辿った。

大曽根組幹部と陳は警官隊との銃撃戦で射殺されたらしい。逃げおおせたのは松浦清次と張とドラゴン！　また、枕を高くしては眠れなくなった。今度は奴等も執拗に狙ってくるだろう。ユメユメ気を許してはならない。ヨッコ共々だ。

二ヶ月後――、東京地方裁判所四〇三号法廷、東誠会会長稲葉剛造の裁判を傍聴しに出掛けた。
東京地検のメンツを賭けた取調べで、東誠会の麻薬取引の実態が白日の下に晒され、なおかつ木村に対する殺人教唆の罪状で、稲葉剛造は逃れようもなかった。最も重い無期懲役刑がうたれた。

東誠会は壊滅するのか？　いやいや、暴力団は頭を次々挿げ替え、半永久的に生き残るのだ。警察とのイタチごっこだ。

傍聴席から見守る竜次を、稲葉剛造はどんな思いで見返すだろうか？　無期懲役刑に服す我が身を思って諦めの境地か、はたまた復讐の念に凝り固まって組員達に恨み骨髄の竜次への仕返し（殺人教唆）をして、獄中に繋がれるのだろうか？


かねてから竜次は思うことがあった。

何故我が日本国では、裁判で死刑判決が確定しているのに、その死刑囚を何年もいや何十年も死刑囚房で、新聞も雑誌もテレビも映画も見放題で、自由が与えられて生き長らえるのだろうか？　自らの生命と引き換えに罪をあがなうのが死刑囚なのに、死刑執行にハンコを押さない法務大臣などがいる。死刑廃止論者は法務大臣など引き受けてはいけない。

一方、数年前、『友人の友人がアルカイダ』などと発言し物議を醸したＨ・Ｋ法務大臣などは、在任中十一度の死刑執行にサインし立派に職責を果たしたが、Ａ新聞には「死神」と呼ばれた……。

死刑確定判決後、未だ執行されない死刑囚がぞろぞろいるそうだ。そりゃ免田事件のように冤罪を訴え続け三十四年間も拘置されながら再審で無罪を勝ち取った死刑囚もいたが……。

オウム真理教の麻原をはじめ十三人のオウム事件の死刑確定者は、平成三十年（二〇一八）七月に全員の死刑が執行されたが、和歌山カレー事件の林眞須美死刑囚とか、執行しなければいけない死刑囚はまだ一三〇人もいるそうだ。

稲葉剛造は死刑ではないが、無期懲役刑――衛視に両脇から抱えられて法廷を去りながら、竜次を振り返り、せせら笑うような表情を浮かべていたのが気に掛かった。

## 2

ヨッコを隠した。中野弥生町（やよいちょう）の隆康の家に匿（かくま）ってもらった。

数ヶ月前の深夜、無痛の殺し屋木村に襲われたが、愛犬ラッキーが身代わりとなった捨て身の攻撃で命拾いしたのだ。一度遭ったことは、また繰り返されるだろう。なおさら、深い恨みを買う状況になってしまったのだから。

東誠会の報復は必須だろう。殺し屋木村はまだ逮捕されてはいない。狂犬は放し飼いされているのだ。桐山怜子は京都まで追われて命を奪われてしまった……。

若松町の住処セリーズマンションは知られているのだ。隆康は牛込署と同じ南山伏町の署長官舎に単身赴任で居住しているが、実家のここならば、年老いた母康子と兄嫁咲枝、竜次の姪二人と始終一緒という環境がヨッコに安堵感をもたらし、平穏な生活が営めるというものだ。

長男の隆太郎は弁護士を目指して、丸の内の法律事務所の近くのマンションに住んでいる。竜次一人が若松町セリーズマンション八〇一号室で寝起きをし、奴等の襲撃に備えればいい……。

勘は当たった！

夏も終わりに近い蒸し暑いある晩、閑静なこの住宅街に魔の手が忍び寄っていた。父、倉嶋隆一郎の遺産を受け継いだ家屋に居住する隆康はこの日休日で、署長官舎から中野の自宅に戻っていた。二階の奥の間に、母康子、次の間に隆康・咲枝夫妻、一階の奥にお客様扱いのヨッコ、次の間に女子大生の美咲、高二の隆美が寝ていた。

深夜零時を回った頃、黒尽くめの屈強な男が二人、有刺鉄線の張られた塀を難なく乗り越えて、音もなく邸内へ侵入してきた。玄関ドアを手際よく破壊し、リビングルームを通って、忍び足で廊下を奥へ、手前の部屋の取っ手を回す。

キィーと微かなドアの開閉音——。

目ざとい姉の美咲が目を覚ました。

「誰ッ？」

と問い掛けるやいなや、懐中電灯が煌めき、一人の黒い陰が走り寄り、美咲のパジャマの衿を掴んで引き起こし、ナイフを首筋に当てた。

「倉嶋竜次の女は何処だ？」

耳元でガサ付いた声が囁いた。

「キャァ〜ッ」

美咲は思い切り大声で悲鳴を上げた。身を挺して皆に危険を知らせたのだ。

二階奥の間で、隆康がガバッと跳ね起きた。

床の間に飾られた父隆一郎の遺品〈筑前国（ちくぜんのくに）・左文字（さもんじ）行弘（ゆきひろ）〉を鷲掴みにして、階下の様子に耳を澄ます。

「お父さ〜ん、助けてェ〜ッ」

今度は妹隆美の声だ。

隆康は二尺四寸五分（七三・五センチ）の大刀ではなく、刃渡り一尺九寸五分（五八・五センチ）の長脇差に持ち替えた。屋内の闘争は短い方が扱いやすいのだ。起き上がった妻の咲枝に「ここを動くなッ」と囁き、鞘から抜き放った〈左文字行弘〉を片手に廊下に踏み出した。

二十年前の全日本剣道選手権で二年連続日本一に輝いた、今は七段の剣士だ。銃刀法所持許可は勿論だが、初めて真剣を手にして、侵入した賊と対決しようとしている。隆康の胸には烈々たる闘志が燃え盛っていた。生まれながらの武士の血が脈々と受け継がれているのだ。

階下に降り、ドアが開け放たれたままの娘達の部屋を片目でそっと覗く。姉の方は首にナイフ、妹の方には拳銃が突き付けられている。

廊下の壁に背を張り付けて、一喝した。

「ここが何処か分かっているのかッ！　貴様達は警察官の家に押し入ったのだぞ！」

「そんなこたぁ分かってるよォ、女は何処だァ？」

拳銃がドアの陰に隠れた隆康を狙う。

妹の隆美が、賊の伸ばした腕の拳銃を握った手首を掴んでガブッと噛み付いた。高校のクラブ活動で合気道を習っているのだ。いい度胸をしている。

「ダーンッ」

凄まじい轟音が鳴り響いた。

男は「イテテテッ」と呻いて隆美の髪の毛を掴み、引っ剥がし跳ね飛ばした。壁に激突し倒れる隆美。

隆康が飛鳥のように部屋に飛び込んだ。

「トォッ」

裂帛の気合で、拳銃を持つ右腕を上段から斬り飛ばした。

拳銃を握ったままの肘から先が、白地に薔薇(ばら)模様のクロス貼りの壁へ飛んで行った。

そいつは「ギャア～」と絶叫して、血のほとばしり出る肘あたりを押さえてベッドの上を転げ回った。もう一人の賊が「殺してもいいのかッ！」と姉美咲の首にナイフを押し付けた。

美咲の首に一筋の赤い血の線が刻まれた。

「刀を捨てろッ」

賊はもう半狂乱だ。眼光炯炯(けいけい)とした隆康に射竦められている。

「お父さん、私は大丈夫、斬ってッ、斬って！」

美咲が叫んだ。一瞬の躊躇(ちゅうちょ)も許されない。

「野郎ッ！ 殺すぞ！」

と唸った賊がナイフで姉の首を引き裂く寸前、飛び込んだ隆康の左からの袈裟(けさ)斬り。男の背中から脇の下を斬り裂いた。


——————


竜次は宣戦布告した。東誠会に！

自分だけなら兎も角、兄夫婦の家庭にまで、か弱い女達だけの住まいに押し入り、たまたま警察署長として休日のため官舎から自宅へ戻っていた隆康が偶然にも居合わせたので、凶悪なヤクザ二人を逮捕することができたものの、この卑劣な凶行を見逃すわけにはいかなかった。

先手必勝だ。こちらから先に見つけて攻撃を加えるのだ。

竜次の脳裏に何かがきらめいた。身体中の細胞や感覚が蘇り、血走った眼に輝きが宿った。

3

蜩の鳴き声がかまびすしい八月の夕暮れ、竜次はゴールデン街のべべの店へ顔を出し、その後の動静を探った。

語学留学生の陳はこの間の取引での銃撃戦で命を落としたが、まだ張はこの近辺に出没しているのではないかと、淡い期待感で店を覗いたのだ。

私立探偵は刑事のように警察手帳を見せての聞き込みや強制的な捜査権がないので、野良犬のように匂いを嗅ぎながらウロウロとほっつき歩かねばならない。

「あ～ら竜ちゃん、お久しぶりィ。身体はもうイイの？」

べべママは相変わらず、嬉しそうに迎えてくれた。

「ああもう大丈夫だ。ただ顎がな、まだ噛み締めるとチョッと痛ぇんだ」

「そお？ 折れた方が早く治るみたいよ、ヒビだもんねぇ」

「仇は討つよ。どうその後？ 姿見せない？」

「ううん、全然。あっ、まだ二十三年モノ、置いてあるわよ。ロックでしょ？」

「参ったな。まぁイイや、頼むよ」

見知らぬ馴染み客らしいのが二人いて、べべはそっちのサービスへ移って行った。

この前は、ここでいきなり張と陳に両脇からナイフで脅され拘束されたのだ。刃先が一センチくらい竜次の身体に埋まっていたので抵抗できず、ドラゴンの前まで拉致されたのだが、もう二の舞はゴメンだ。ヤツも言っていた『次はない』と――。

「ママ、また来るよ」

ロックを二杯飲み干し、店を出た。

表に出てドアを閉めた途端――、(まただッ)あの両刃のナイフが脾臓辺りに突き付けられた。見張られていたのだ。今や懐かしい張の中国語訛りの声が耳元で囁いた。

「おニイさん、しばらく。龍さんが会いたいって。付き合ってくれるね?」

また左手でベルトを掴み、右手にナイフだ。

今日は両側から二人ではない。

張が「こっちだ」と引っ張ろうとする一瞬の隙を見逃さず、半回転し張の首筋に手刀を見舞った。張は腰が砕けてダダッと向かいの店のドアにブチ当たった。

突進しようとすると、張が両刃ナイフを頭上に掲げた。落日前の陽の光を浴びて、キラキラ煌めきながらナイフは竜次の心臓目掛けて一直線に飛んで来た。

半身をくねらせて避けると、背後のべべの店のドアにブスッと突き刺さった。

ベニヤ張り板のドアに三、四センチ食い込んでブルブル震えている。やはり、〈上海雑技団〉の手裏剣投げだ。

そのナイフの柄を握り、引き抜こうとするのを見て、張は脱兎の如くゴールデン街裏口方面へ駆け出した。

ナイフを引き抜き、竜次が追う。一〇〇メートル十一秒の記録保持者だ。細い路地を横切って五〇メートルで花園神社だ。

階段を駆け上がりながら、張の肩に手が届く寸前、数ヶ月前の悪夢が……完膚なきまでに叩きのめされた嫌な思いが頭をよぎった。（また誘い込もうとしているのか？）

遮二無二、夢中で逃げる張。

あの奥の社殿を曲がった途端に、張が振り返りざま、もう一本隠し持っていたナイフを投げつけた。同時に竜次もさっき抜き取った張のナイフを、空中に身体を横ざまに投げ出しながら投げた。十種競技で、投擲種目は得意中の得意だ。張のナイフは喉を掠めて危うく躱した。

竜次のナイフは張の胸に深々と突き刺さった。間一髪の差だった。

（張は何故ここへ誘い込んだのか？）周囲を見回す。

出て来たッ、やはり！

朱色の回廊の陰からヌゥーと姿を現したのは、一刻も忘れたことはない、あの細い狐目の男、ドラゴン！

「クラシマさん、この前のブツの取引は見事にやられたね。次はないと言った筈よ」

少しは上達したのか、たどたどしい日本語で無表情に言った。

「おい、ドラゴンさんよ。今日は倍にして返すぜ」

「ホント？　面白いねぇ」

竜次を茶化してはいるが、眼は笑っていない。狐目に炎の火が宿っている。

いきなり攻撃が始まった。

まるで飛鳥だ、両足を揃えた水平蹴り。首をすくめて避けた。頭上を通り越して、竜次の背後に音もなく降り立った。竜次は振り返り、身構えた。

そう、このドラゴンは武器は使わぬようだ。木村の狩猟ナイフ、サディスト鳥飼のチェーンソー、東誠会松浦清次の拳銃、張の両刃ナイフなどとは違って、竜次同様に徒手空拳で己の肉体全てを武器にして勝負するらしい。

竜次としては望むところだ。お互い命を懸けた肉弾戦だ。

ドラゴンは肉体そのもの全部が、必殺の武器だ。足が、手が、指が、爪が、肘が、頭が、相手の息を止めるための殺人道具なのだ。

竜次は恐るべき敵を前にして、生来の闘争本能に火が付き、ふつふつとアドレナリンが湧き立ってきた。相手にとって不足なし……。

「キエ～ッ！」

再び、怪鳥の叫びとともに必殺の足蹴りが、右、左、前蹴り、回し蹴り、と息つく暇もなく次から次と繰り出される。

まともに食らったら致命的な衝撃を受けるのは確実だ。

受けてはいけない、止めてはいけない。ただ、避けるだけ、後退するのみ。――追い詰められた。

境内の隅、丈の低い石柱に鎖がたるんで掛かって並ぶ、どん詰まりだ。もう後がない……。

蹴ってきた足を右側へ払いのけ、身体を丸めてドラゴンの懐に飛び込んだ。柔道の技だ。

投げ技か、関節技だ。

ドラゴンの手首を掴み、シャツの衿を握って思いっ切りの跳ね腰……以前のこともある、手首は離さなかった。こうすればドラゴンも空中で身を翻すことはできない、石畳に叩きつけた。

背骨を打ちつけたのだろう、「グッ！」と反り返った。

その身体の上に圧し掛かり、寝技に持ち込んだ。掴んだ手首を逆に捻ってキメタ。

ドラゴンの細い狐目が圧し掛かる竜次を睨み、痛みを堪えている。痛覚のない木村とは違う。やはり、こうあらねば……痛いものは痛いのだ。

下から猛烈な肘打ちが、膝打ちが背中に脇腹に、ドラゴンの連続攻撃だ。

グイッともうひと捻り――ボキッと手首が折れ、グキッと肘が脱臼した。ドラゴンは歯を食い縛って痛みに耐えている。

竜次は手首を握ったまま身体を起こし、爪先をドラゴンの脇腹に蹴り込んだ。折れないまでも、おそらく肋骨にはヒビが入ったことだろう……。（ざまぁ見ろ）だ。

ドラゴンが仰向けに寝たまま両足を跳ね上げ、蹴り上げてきた。その必殺の蹴りは竜次の顎から鼻先を掠めた。ドラゴンはその勢いでピョンと立ち上がった。

まともに食らったら、また顎が折れ鼻は潰されていただろう。一瞬も気は抜けない。

左手はダラーンと垂れ下がり揺れている。しかしその細い狐眼は、まだ殺意がみなぎり殺気満々だ。睨み合った一瞬、角張ったドラゴンの顎が目に入った。

（そうだ、この顎に倍返しを見舞ってやらなきゃ……）

竜次の左、右と連続の回し蹴りが見事にドラゴンの顎を捕らえた。

「グエッ」

喉を鳴らしてその躰は横へぶっ飛び、石柱に頭が激突して失神した、らしい。

「警察に一一〇番しろ！」

突然、背後から叫び声が聞えた。

通行人が三、四人固まってこっちを見ている。全身全霊を懸けての死闘だったから、周囲には気が回らなかったが、さっきからこの闘争を見守っていたのだろう。多分、通り掛かった人達にとっては、暴力を振るっているのは竜次に見えたことだろう。『悪い奴はこいつなんだァ』と叫びたかったが、精も根も尽き果てて、その場に尻餅をついた。

（大人しくパトカーを待とう）安堵感にフーッと溜息をつき、煙草に火を点け思い切り深く吸い込んだ。

待つほどのこともなく、明治通り側から二人、ゴールデン街脇の交番から二人、ドタドタバタバタと警官が駆け付けて来た。

また、新宿署へ連行されて事情聴取だ。（何度行きゃぁ、気が済むんだ俺は……）

自嘲気味に大きな溜息をついた。一人のポリスが無線で応援要請をしている。

ドラゴンは気絶し、張は胸にナイフを突き立てたまま荒い呼吸をしている。どうやら、二人とも命は取り留めたらしい。いくら悪党相手でも殺してしまわなくてよかった。竜次はホッと胸を撫で下ろした。

また長い時間、取調室だ。（ヨッコにケータイしなきゃぁ……）

4

うだるような夏も過ぎ、季節はさわやかな初秋——。

ヨッコの運転で横浜まで足を延ばし、ドライブと洒落（しゃれ）た。

関内のクラブ〈サラ〉、ジャズ・ボサノバ・ポップスなどの弾き語り生演奏のピアノラウンジ。伊勢佐木町のジャズを聴かせるショットバー〈ブロンクス〉を梯子し、風に吹かれてほろ酔い気分で帰宅途中――、勿論運転はヨッコだ。

高速神奈川一号線横羽線を横浜公園口から入り、子安・生麦辺りをのんびりと走行中だった。

突如――。

追い越し車線から横腹にガツンとぶつけられ、危うく防音壁に衝突するところだった。

「キャアッ」

ハンドルを握るヨッコが悲鳴を上げた。

「何だッ、どうした！ あおり運転かッ！」

窓を開けて風に吹かれイイ気分の竜次は、酔いが吹ッ飛んだ。

振り返ると相手は銀色のベンツ。事故ではない、わざとだ。

ハンドルを握る、東誠会若頭の松浦清次の憎々しげな眼が睨んでいた。隣には無痛の殺人鬼木村の爬虫類の眼が！

見張られていたのだ、尾行られていたのだ。

なんという迂闊、なんという気の緩み……ドラゴンを片付けたという安心感が警戒心を溶かしていた。

あちらはメルセデス・ベンツCL600、こちらはニッサン・エルグランド・4WD。6000CC対2500CC、排気量が違う。

ビシッとフロントガラスに放射線状にヒビが走った。ど真ん中に弾丸の痕が……。弾は運転席側から飛び込んで来たのだ。

ガツンとまた体当たりされ、ワゴン車が大きく揺れて傾いた。

「ヨッコ、運転を代われッ、ハンドルから手を離さずに俺の膝を乗り越えるんだ」

「だって竜次さん、免許証が？」

そうなのだ、十年前のあの飲酒運転とスピード違反で大事故を起こした後、ライセンスを取り消され、その後も免許証を取り直す気になれず、放っておいたのだ。言わば、今は無免許だ。

「バカッ、今そんなことを言ってる場合か！　いいか、そっちへ移るぞ！」

運転を代わった。

その間、アクセルからヨッコの足が離れて、スピードが落ち、ベンツが先に出た。十年ぶりの運転だが、身体が覚えていた。プロドライバーを夢見た頃もあったカーキチだった若い頃――まさに水を得た魚。こっちからガツッとぶつかってやった。攻守交代だ。

チョイと揺れたが、あっちの排気量はどデカイ。それに世界に冠たるドイツ名車の板金塗装、王者の風格だ。

ブレーキを踏んでこちらに並び掛ける。

ニタニタ笑いの松浦の右手に握られた拳銃が、運転しながらこっちを狙う。

「ヨッコ、頭を下げろッ、後ろの座席に移れッ」

「ハイッ」

ヨッコは言われるままにシートを乗り越えて、後部座席へ移った。

また、ビシッとフロントガラスへ——ひび割れが大きく広がり視界が遮られる。

「ヨッコ、後ろの工具箱にスパナがあったろ、取ってくれッ！　それから俺のシートベルトも締めてくれ。ぶつかりっこが始まるぞォ」

「ハイ、これスパナ。ベルト、ベルトは？」

後部座席から身を乗り出して、竜次のシートベルトを締める。

スパナを手に、ひび割れのフロントガラスを二度三度とブッ叩く。メリッと捲れて風に煽られ、後方へ飛んでいった。

途端に視野は開け、見通しは良くなったが、突風が眼を打つ。ガンと体当たりされ側壁に押し付けられると、サイドミラーが吹っ飛んだ。

ギギギギィッと耳障りな嫌な音を響かせ、赤い火花が後方へ散っていく。

「竜次さ～ん」

ヨッコの悲鳴が上がる。

「大丈夫、任せろッ」

竜次は思い切り右へハンドルを切った。

松浦は、以前の歌舞伎町大久保病院裏ではサイレンサーを使ったが、今は誰憚（はばか）ることなく遠慮会釈なくブッ放してくる。発射音など気にもしていない。深夜の首都高速道路だ。しかし前と同じＳ＆Ｗ32口径なら、ボディは貫通しないだろう。

その弾丸が窓から飛び込み、ブスッと運転席の天井に食い込んだ。的にならぬよう急ブレーキを踏んで、やり過ごした。

後ろから追突してやったが、計算違いだった。ベンツに比べてボディのヤワな国産車だ。ボンネットがグシャッとひしゃげてラジエーターから派手な蒸気が吹き上がり、熱湯・熱風がフロントガラスのない正面から噴き込んできた。

「アチチチッ」

竜次は思わず叫んだ。

命を懸けたカーチェイスだ。やるかやられるか……！

今度はベンツが背後に位置を占め、ガツン、ガツンとぶつけてくる。圧倒的なパワーの差だ。

タイヤが狙われバーンと派手な破裂音を立てて、後方へ跳ねて転がっていった。

裸になったホイールが鉄の輪となってアスファルトをけずり、ガラガラギギッと耳障りな嫌な音を響かせる。もう廃車寸前のボロ中古車に成り下がった。

グッとブレーキを踏み、並んだところで思い切った体当たりを食らわした。二台の車は互いに押し合いながら並走した。

時速八〇キロ～一〇〇キロの体感。

ヨッコが後ろからシートにしがみ付きながら、前方を指差した。

「前ッ、前に分岐点の柱よ！」

右は湾岸線大黒埠頭方面。

まだ工事中……通行不可能だ。左は産業道路。生麦ＪＣＴ、分岐点に角クッションドラムが——。猛スピードで激突したらクッションも役立つまい。

もうチキンレースだ。どっちが臆病風に吹かれて逃げるか？思い切り体当りして、左車線の産業道路側に逃げるのだ。

相手を湾岸道路側に弾き飛ばせるか？

近付く三角クッションドラムに、相手の車がぶつかるように押せるか？

もうラジエーターの水も噴き飛びカラカラ、オーバーヒート寸前だ。

停車してしまったら、松浦の拳銃と木村の狩猟ナイフが待っている。

ヨッコを抱えてどう闘うか？絶体絶命！

パワーでは負けても、ドライブテクニックでは負けぬ。

小刻みに衝突を繰り返した。

もう分岐点の壁は眼前に迫っている。

一瞬のタイミングだ！

クッションドラムに衝突寸前、ガツンとベンツの横腹に体当たりし、急ブレーキを踏んで左方面へハンドルを切った。

ベンツは押し合いの勢いそのまま、立ち直せずに分岐点の三角クッションに激突した。

その反動でフロントが裂け逆立ちの格好で四輪が空回りしていたが、やがて右側路線にスローモーションで横倒しになって歪んだ。

竜次は急ブレーキを踏んでドアを開けた。

「ヨッコ、ここで待ってろ」

叫んで外へ飛び出し、駆け戻った。

ベンツの助手席側のドアから男が一人こぼれ落ちた。木村だ。剥き出しの鉄パイプがその胸に突き刺さっている。

松浦はフロントガラスに上半身を突っ込んで血だらけだ。まだ生命があるのかないのか？

背後で何台かの車が急停止して、車のぶっつけ合いを目撃した野次馬達がワサワサと集まってきている。

ベンツの反対側へ回ってみた。

木村の心臓付近には鉄パイプが突き立っている！

竜次の顔を見ると、口が開いた。

「痛みはねえんだよ。けど俺も年貢の納め時らしいな……お前には負けたよ。ホラ、鼓動が、止まるぜ……」

口を開けたまま、表情が止まった……絶命だ。さすがの怪物も心臓に突き刺さった鉄パイプには適わなかったようだ。

これ以外に木村の息の根を止める手段はなかっただろう……。

ようやく、木村とのいつ果てるとも知れない闘争が終焉を迎えたということだ……。

若頭松浦は刑務所行きだ。

——事件は終わった！

# エピローグ

気が抜けた数週間だった。ヨッコはワイヤレスイヤホンを耳に雑音をシャットアウトして、能天気に何か歌を口ずさみながら絨毯に掃除機をかけている。

平穏と言えば平穏、刺激がないと言えば刺激なし。

竜次はベランダのガーデンチェアに腰掛け、涼風を頬に感じながらバーボンを飲み、去年初秋から始まったこの一年間を振り返ってみる。

何という目まぐるしい一年であったことか……。

与党幹事長の私設秘書からの一本の電話が発端だった。

新宿歌舞伎町の喫茶店で会ってから、数時間後には依頼人が刺殺され、その危険な魔の手は竜次に向けられ、幾度となない格闘、命のやり取り、危機の連続……。

相手は大型狩猟ナイフを使う痛覚のない暴力団員、チェンソーを使うサディスティックな異常性欲者、香港マフィアの殺し屋……竜次の周りの愛する人達が脅され、殺され、愛犬までもが息を絶たれ、私立探偵としての仕事の域を超えた場所で、それは好むと好まざるとに関わらず襲い掛かる怪物への挑戦であった。払い退けなければ、こっちが殺られる。愛する女にまで魔手が迫れば、放ってはおけない。穴の奥に隠れて身を潜めて震えてばかりではおれないのだ。攻守トコロを変えて反撃するのみ。闘うのだ。竜次の血が沸き立った。悪を憎む正義感とか、そんな四角四面のシャッチョコばった思惑は全く持ち合わせてはいない。
ただ、修羅場に、極限状況に、追いつ追われつのシチュエーションに身を置いた時に感じる（今、俺は生きている！ 闘っている！）という高揚感が堪らないのだ。
男としての極限を追い続ける竜次だが、自分の中に人間としての弱さがあることにも気付いている。男としての甘さは否定しない。これが、俺の生き様なのだ。危険を求めて、これからも生きていくのだろう……

ヨッコよ、俺について来てくれ、これからも。
死ぬほど心配させ、泣かせるだろうが、頼むぜ！

あっ、ホラまた、電話の呼び出し音が……。

――了――

# あとがき

これまで七冊の本を上梓している。

二〇一四年十月に風詠社より『役者ひとすじ』を――。

これは幼年期から役者に憧れ、俳優座養成所十一期卒業してから六十年に及ぶ現役として役者生活を、――何故役者になりたかったのか、何故こんなに好きなのか、何故こんなに長く続けられたのか、喜怒哀楽の全てをさらけ出し、沢山の数え切れぬ俳優さん、スター達との交流を綴ったドキュメンタリーだった。

二〇一六年六月には同じ風詠社より『続・役者ひとすじ』を――。

これは映画・テレビなど映像出演ばかりだった私が、初めて舞台に立った『無法松の一生』の三十七年ぶりの再演を車夫熊吉という同じ役を演じるという奇跡的な舞台再出演の半年間にわたる全国巡演の記録だった。途中、右足小指骨折とか、左手甲の三十七針の縫合手術の裂傷を負ったりの、泣いて笑ってのドキュメンタリーだった。

その後、文章を執筆する喜びに目覚め、フィクションの小説を手掛けるようになった。

二〇一八年六月に祥伝社文庫より、時代小説『斬り捨て御免　隠密同心結城龍三郎』を――。

これは映画化の野望を抱いている……！

継いで同年十月には、シリーズ化された『斬り捨て御免② 正義一剣』を――。

二〇一九年六月には、第三弾『斬り捨て御免③ 修羅の如く』を――。

二〇二〇年四月には、同じく祥伝社文庫より新シリーズ『葵の若様腕貸し稼業』を出版した。そして最新刊が再び風詠社より『暴れ同心 真壁亮之介 天下大乱の刻』を単行本で二〇二二年十月に発刊。皆、時代小説ばかりだった。


そして、満を持して今回の新作です。本書『酔いどれ探偵 倉嶋竜次』は、私の処女作（初めて執筆した作品）と言っても過言ではないフィクションのハードボイルド探偵小説だ。

初めての現代を舞台にした小説挑戦だったが、執筆するうちに面白くなりのめり込んで書き続けた。――虚実入り混ぜ想像力を駆使し、その想像力は自由にはばたき、主人公が勝手に歩き、走り、飛び跳ね、私の指は主人公の動くがままにパソコンの上を彷徨った。

俳優として、若い頃に散々演じた刑事役『五番目の刑事』（東映）や『土曜日の虎』（大映）の産業スパイ役、そしてインベーダー相手の格闘シーンが楽しかった『ミラーマン』（円谷プロ）など、役者としてスタントマン（吹き替え）なしでアクションを演じ、性格的にも性が合ったのだろう。大好きな役柄であった。

もうこの歳になっては身体も言うことを聞かず、頭の中で思いばかりが先走るが、想像は留まるところを知らない。創造した人物が、結末も分からぬストーリーの中を疾走するのだ。

執筆しながら私は、この竜次に成り切っていた。「この主人公を一度は演じてみたい」と憧れる老優の『酔いどれ探偵 倉嶋竜次』の活躍に皆さんも胸躍らせて、楽しんで読んでやってください。

役者も小説家も誰でも最初は素人……だが、俳優歴はデビュー以来常に第一線で六十年を超え、出演の映画・ドラマは一千本を超す。書籍も今回で八冊を上梓すれば完全なプロだろう。未だ胸に野望を抱いているのだ。

博識ではない、私の狭量の知識力は、参考文献十五冊を手元に置いて紐解きながら、また、インターネットを検索してウィキペディアに助けてもらった。実在する同一の地名・団体名・個人名・作品タイトル名などが数多く登場するが、実在するものとは何ら関係ない。使用に当たっては、如何なる迷惑もかからぬよう配慮したつもりではあるが、それを超えた場合は、私の力量不足・筆不足ということでお許しを願いたいと存じます。

懲りない作家は既にもう『酔いどれ探偵』の二作目に取り掛かっております。時代小説は暫くお預けです。読者の皆さんに、この小説を、この主人公を可愛がっていただけたら……作者として身に余る光栄です。

二〇二三年、春まだ浅き日——記す

工藤堅太郎　拝

## 〈参考文献〉


『手記潜入捜査官』高橋功一（角川書店）
『日本警察腐蝕の構造』小林道雄（講談社）
『警察のウラ側がよくわかる本』謎解きゼミナール編（河出書房新社）
『警察庁広域機動隊』六道 慧（徳間文庫）
『山口組ぶっちゃけ話』竹垣 悟（清談社）
『叛骨　最後の極道・竹中武』山平重樹（徳間書店）
『ヤクザの実戦心理術』向谷匡史（ＫＫベストセラーズ）
『死体を語ろう』上野正彦（時事通信社）
『死体は語る２』上野正彦（文春文庫）
『連合赤軍・あさま山荘事件』佐々淳行（文藝春秋）
『大人の男と女の色欲修行』安藤 昇（さくら舎）
『薬物とセックス』溝口 敦（新潮社）
『やくざと芸能界』なべおさみ（講談社文庫）
『映画はやくざなり』笠原和夫（新潮社）
『健さんと文太』日下部五朗（光文社新書）

**著者　工藤 堅太郎**（くどう けんたろう）

神奈川県横浜市出身、俳優座附属俳優養成所11期卒業。

1962年、大映撮影所と契約。TVドラマ「夕日と拳銃」で主役デビュー。その後「風と樹と空と」「日本任侠伝・灰神楽三太郎」「土曜日の虎」「五番目の刑事」「ご存知遠山の金さん」「ミラーマン」など、映画では『柳生一族の陰謀』『戦国自衛隊』など、時代物・現代物ジャンルを問わず何百本と出演。芸歴60年を超す。

著書に、自叙伝『役者ひとすじ』『続・役者ひとすじ』（ともに風詠社）、時代小説『斬り捨て御免』『正義一剣』『修羅の如く』『葵の若様 腕貸し稼業』（ともに祥伝社）、『暴れ同心 真壁亮之介 天下大乱の刻』『酔いどれ探偵 倉嶋竜次』（ともに風詠社）がある。

酔いどれ探偵 倉嶋竜次

2023年3月25日　第1刷発行

著　者　工藤堅太郎
発行人　大杉　剛
発行所　株式会社 風詠社
〒553-0001　大阪市福島区海老江5-2-2
大拓ビル5 - 7階
Tel 06（6136）8657　https://fueisha.com/
発売元　株式会社 星雲社
（共同出版社・流通責任出版社）
〒112-0005　東京都文京区水道1-3-30
Tel 03（3868）3275
装幀　2DAY
印刷・製本　シナノ印刷株式会社

ISBN978-4-434-31831-3 C0093